Sigrid Undset

Viga-Ljot und Vigdis

Aus dem Norwegischen
von Gabriele Haefs

Mit einem Vorwort
von Kristof Magnusson

Hoffmann und Campe

Die Originalausgabe erschien 1909 unter dem Titel
Fortellingen om Viga-Ljot og Vigdis bei Aschehoug, Oslo.

NORLA
NORWEGIAN LITERATURE ABROAD

Der Verlag dankt NORLA für die
großzügige Förderung der Übersetzung.

2. Auflage 2019

www.hoffmann-und-campe.de
Umschlaggestaltung: Hannah Kolling, Hamburg
Umschlagillustration: © Hannah Kolling
Satz: Pinkuin Satz und Datentechnik, Berlin
Gesetzt aus der Berndal LT Std und der Morris Roman Alternate
Druck und Bindung: GGP Media GmbH, Pößneck
Printed in Germany
ISBN 978-3-455-00612-4

HOFFMANN UND CAMPE

Ein Unternehmen der
GANSKE VERLAGSGRUPPE

Vorwort

Ohne Zweifel gehört Sigrid Undset zu den großen Namen der nordischen Literatur. 1928 wurde sie mit dem Literaturnobelpreis ausgezeichnet, womit sie die dritte Frau war, die diesen Preis erhielt. Nach Bjørnstjerne Bjørnson und Knut Hamsun war Undset zudem die dritte Person aus Norwegen, der diese Ehre zuteilwurde. Aus ihrem beeindruckenden Œuvre wurden die mehrbändigen Werke der 1920er Jahre, allen voran *Kristin Lavranstochter*, am stärksten wahrgenommen und genießen auch heute noch die größte Aufmerksamkeit. Umso erfreulicher ist es, dass mit dieser Neuübersetzung von *Viga-Ljot und Vigdis* durch Gabriele Haefs auch das weniger bekannte, aber nicht weniger faszinierende Frühwerk der Autorin gewürdigt wird.

Viga-Ljot und Vigdis erschien 1909, als Sigrid Undset gerade einmal 27 Jahre alt war. Der Roman kündigt bereits die intensive Auseinandersetzung mit der mittelalterlichen Lebenswelt an, die später zum zentralen Gegenstand von Undsets Werks werden soll. Denn wenngleich Sigrid Undset auch Bücher geschrieben hat, die in ihrer damaligen Gegenwart spielen, ist Undset bis heute doch für ihre historischen Romane bekannt. *Viga-Ljot und Vigdis* unterscheidet sich allerdings in einem wesentlichen Aspekt von dem, was man heute landläufig unter einem historischen Roman versteht: Ein »normaler« historischer

Roman projiziert nicht nur moderne Gedanken und Gefühle in eine vergangene Zeit, sondern auch eine moderne Sprache, doch bei *Viga-Ljot und Vigdis* ist das anders. Das Buch ist in seiner Sprache stark von der Literatur der Zeit inspiriert, in der es spielt: Von den mittelalterlichen Isländersagas, die von den ersten Siedlerfamilien erzählen, die Norwegen verlassen haben und über den Atlantik gesegelt sind, um auf einer unbewohnten, fast unbekannten Insel namens Island ein neues Leben anzufangen. Die Isländersagas gehören zu den unglaublichsten Phänomenen der Weltliteratur und haben Undset seit ihrer Jugend begeistert. Hier spielen nicht – wie man es aus der europäischen Literatur des Mittelalters kennt – Heilige, Ritter oder Könige die Hauptrolle, sondern einfache Bauernleute. Und damit nicht genug: Sie treten als vielschichtige Charaktere auf, von denen auf eine Weise realistisch und psychologisch einfühlsam erzählt wird, die im Mittelalter einmalig ist.

Die Isländersagas erzählen Geschichten aus dem 10. und 11. Jahrhundert, wurden aber nach langer mündlicher Überlieferung erst im 13. Jahrhundert aufgeschrieben. Und nun, 1909, erfindet Sigrid Undset gewissermaßen eine eigene Isländersaga, bei der nicht nur Motive, Erzählweise und Dramaturgie der Welt der Sagas entnommen sind, sondern auch der knappe, kraftvolle Erzählton.

Viga-Ljot und Vigdis spielt zwar im Mittelalter, das Thema jedoch ist auch heute noch brandaktuell. Sigrid Undset erzählt hier nämlich die Geschichte einer modernen, selbstbestimmten Frau. Obwohl der Titel vermuten lässt, dass beide Figuren – Viga-Ljot und Vigdis – gleichermaßen die Hauptfiguren sind, liegt der Schwerpunkt des Romans doch eindeutig auf Vigdis, der Tochter des reichen norwegischen Bauern Gunnar. Die Geschichte beginnt als Teenager-Romanze. Der junge Isländer Ljot, genannt Viga-Ljot, ist als Begleitung seines Onkels bei Gunnar zu Gast. Anfänglich funkt es zwischen Ljot und Vigdis, doch dann verhält Ljot sich so rüpelhaft, dass eine Heirat zwischen den beiden nicht mehr ernsthaft in Frage kommt. Als Vigdis das Ljot erzählt, reagiert dieser erst mit Unverständnis, dann vergewaltigt er sie. Hatte Vigdis anfangs sogar damit geliebäugelt, mit Ljot durchzubrennen, verwandelt Ljots Übergriff Vigdis' Ambivalenz in Wut.

Im weiteren Verlauf des Buches erleben wir, wie diese Vergewaltigung das Leben der beiden Protagonisten belastet. Hin- und hergerissen zwischen Mordgelüsten und Suizidgedanken, beschließt Vigdis, ihren gewaltsam gezeugten Sohn Ulvar anzunehmen. Ihr langfristiger Plan, Ulvar so zu erziehen, dass er eines Tages ihren Vergewaltiger tötet, geht sogar in Erfüllung, doch Vigdis' seelische Wunden werden durch die Rache nicht geheilt.

Auch Ljot trägt schwer an seiner Tat. Seine Ehe zerbricht, auch er leidet an Selbstmordgedanken, sodass die Autorin Ljots gewaltsamen Tod nicht etwa als Erlösung für die gerächte Vigdis schildert, sondern als Erlösung für den im Leben gescheiterten Täter.

Auch sonst spielt das Schicksal Vigdis übel mit. Nicht nur wird ihr Vater Gunnar ermordet und dessen Hof abgefackelt, sie muss im Verlauf der Geschichte auch immer wieder übergriffige Männer abweisen. Die Konsequenzen sind nicht mehr so drastisch wie bei der Vergewaltigung durch Ljot, und doch neigen alle mächtigen Männer in ihrem Leben dazu, sie zu bestrafen, wenn sie selbstbestimmt mit ihrem Körper umgeht und nicht widerspruchslos Zugriff auf diesen erlaubt. Wenn Vigdis König Olav um rechtlichen Beistand bittet, so macht der ihr einen Heiratsantrag, bevor er sich überhaupt auf ihr juristisches Anliegen einlässt – Hashtag: #MeToo. Hiervon erzählt Undset genauso unsentimental wie von der sozialen Stigmatisierung, zu der Vigdis' emanzipiertes Handeln und ihre Position als vergewaltigte Frau führen, eine Form von »Victim-Blaming«, die traumatischer wirkt als das eigentliche Gewaltverbrechen.

Toxische Männlichkeit ist hier allerdings auch ein Problem für die Männer selbst – auch das zeigt der Niedergang von Ljot. Wiederholt lässt er sich von seinem gekränkten männlichen Ego zu Gewalttaten verleiten, was seinen sozialen Abstieg befördert.

Es handelt sich also hier nicht um eine mittelalterliche Version von Quentin Tarantinos *Kill Bill.* Vigdis ist auch kein skandinavisches Alter Ego von Daenerys Targaryen, der siegreichen Heldin aus *Game of Thrones.* Hingegen könnte man sich durchaus fragen, wie viel von Sigrid Undset selbst in der Romanfigur Vigdis steckt. Undset musste nach dem Tod ihres Vaters einen großen sozialen Abstieg hinnehmen und entschied sich notgedrungen für ein Dasein als Büroangestellte. Aus dieser Position schrieb sie sich nach oben bis hin zur Nobelpreisträgerin, die nicht nur vom Publikum, sondern auch von ihren Schriftstellerkollegen geschätzt und gelesen wurde. Dass der Isländer Halldór Laxness, der 1955 den Nobelpreis bekam, *Viga-Ljot und Vigdis* gelesen hatte, bevor er mit *Gerpla* ein eigenes Saga-Pastiche wagte, mag Fans der nordischen Literatur vielleicht noch einigermaßen logisch vorkommen. Was hingegen kaum jemand weiß, ist, wie sehr Sigrid Unset auch jüngere Kollegen wie Heinrich Böll beeinflusst hat, der *Viga-Ljot und Vigdis* in einem Interview mit der isländischen Zeitung *Morgunblaðið* als wesentlichen Einfluss auf seinen frühen Roman *Und sagte kein einziges Wort* nannte.

Dass Heinrich Böll *Viga-Ljot und Vigdis* damals überhaupt lesen konnte, ist Julius Sandmeier und Sophie Angermann zu verdanken, die den Roman im Jahr 1931 ins Deutsche übersetzt haben. Angermann und Sandmeier arbeiteten oft im Team und galten in den 1920er und 1930er Jahren als Fachleute für Übersetzungen aus dem Norwegischen, Schwedischen und Dänischen. Gemeinsam übersetzten sie neben Undsets Romanen zahlreiche Werke von Knut Hamsun, Mikkjel Fønhus, Olav Duun und Johan Bojer.

Bei der Übersetzung von *Viga-Ljot und Vigdis* hatten sich auch Angermann und Sandmeier bereits darum bemüht, die spröde Schönheit des Originals in der deutschen Übersetzung spürbar zu machen, und oft ist ihnen dies gelungen. Vielerorts haben Angermann und Sandmeier allerdings auch – vielleicht aufgrund des Zeitdrucks, den ihre große Produktivität mit sich gebracht haben muss – derart wortwörtlich übersetzt, dass der deutsche Text nur noch schwer mit Genuss zu lesen ist und teilweise fast unverständlich wird. Auch wurden damals keine Sonderzeichen für skandinavische Umlaute verwendet, was der alten Übersetzung aus heutiger Sicht den Beigeschmack einer überstrapazierten Eindeutschung verleiht.

Gabriele Haefs ist nun eine Neuübersetzung von *Viga-Ljot und Vigdis* gelungen, die ohne die gestelzten Formulierungen der alten Übersetzung auskommt. Sie hat sich auf die archaisierende, aber dabei niemals unelegante Kargheit des Originals eingelassen und einen deutschen Ton gefunden, der weder bemüht heutig noch übertrieben altertümelnd klingt. Undsets Roman erstrahlt in einem Deutsch, das wunderbar *einfach*, aber dabei nie *einfältig* ist.

So kann die lakonische Eleganz nun optimal zur Geltung kommen, mit der Sigrid Undset im Jahr 1909 diese noch heute frappierend aktuelle Geschichte aus dem

Mittelalter erzählt hat. In der Übersetzung von Gabriele Haefs erscheint *Viga-Ljot und Vigdis* als modern erzählter Roman, der Leserinnen und Lesern dennoch das Gefühl gibt, in eine unerreichbar ferne, rätselhafte Welt einzutauchen.

Kristof Magnusson, im März 2019

I

Veterlide Glumssohn hieß ein Mann aus den isländischen Ostfjorden. Im Sommer war er oft unterwegs, um Handel zu treiben.

Der Sohn seiner Schwester hieß Ljot. Ljots Vater, Gissur Haukssohn aus Skomedal, war getötet worden, als Ljot noch ein Kind war. Veterlide machte Gissurs Nachruhm alle Ehre, aber davon soll an dieser Stelle nicht berichtet werden. Ljots Mutter hieß Steinvor, auch sie starb früh. Ljot wuchs bei Torbjørn Hålegg auf Eyre auf, später wohnte er bei Veterlide, der ihn liebte wie seinen eigenen Sohn.

Ljot war früh erwachsen geworden und ging schon mit fünfzehn Jahren mit Torbjørns Söhnen auf Wikingerfahrt; demnach galt er bald als kühn und erfahren. Er wurde für einen vielseitig begabten Mann gehalten, der es womöglich zum Häuptling bringen würde; er war treu und zuverlässig, aber auch wortkarg und schloss nur langsam Freundschaften, meistens blieb er für sich allein. Aus Gründen, die hier ebenfalls nicht ausgeführt werden, bekam er den Namen Viga-Ljot.

In seinem zwanzigsten Sommer reiste Ljot mit Veterlide nach Norwegen. Sie besaßen ein Boot, ein hervorragendes, hochseetüchtiges Schiff, Ljot gehörte ein Drittel davon.

II

Veterlide hatte Verwandte in Romerike, er wollte sie aufsuchen und außerdem in Norwegen Bauholz kaufen. Im Spätsommer erreichten sie Folden.

Sie ruderten an den Inseln vorbei, weiter bis an die Stelle, wo der Fluss Frysja in den Fjord mündet, denn es war windstill und hatte den ganzen Tag geregnet. Gegen Abend lichtete sich der Nebel und trieb zu den Berggipfeln hoch. Veterlide und Ljot standen im Vorschiff und schauten zum Land hinüber. Dort wuchs damals dichter Wald, am Fluss lagen Höfe, jedoch nicht viele, und nur wenige waren groß.

Vor der Flussmündung dümpelten einige kleine Fischerboote; die Männer schauten dem großen Schiff hinterher, das zwischen den Inseln im Nebel auftauchte. Veterlide rief zu den Leuten hinüber und fragte, woher sie kämen. Als die Fischer merkten, dass sie es mit friedlichen Reisenden zu tun hatten, antworteten sie, sie seien Pächter von Gunnar auf Vadin, dem größten Hof hier am Fluss. Veterlide fragte, ob die Fischer sie zu Gunnar führen könnten, und das versprachen sie. Dann ruderten die Isländer ihr Boot den Fluss so weit wie möglich hinauf, und einer der Fischer brachte sie nach Vadin.

Es war dunkel, als sie dort ankamen. Sie trafen Gunnar in der Halle an, wo er auf dem Hochsitz saß. Gunnar war ein großer und schöner Mann, mit langen grauen Haaren und einem Bart, der seine Brust vollständig bedeckte. An der Feuerstätte saßen zwei Frauen, die eine spann im Feuerschein, sie war nicht mehr jung, dunkel gekleidet, hatte aber ein helles, schönes Gesicht. Die andere war ein ziemlich junges Mädchen, sie hatte die Hände in den Schoß gelegt und tat nichts.

Veterlide trat vor und begrüßte den Bauern, und ehe er sein Begehr auch nur zur Hälfte vorgebracht hatte, stand Gunnar auf, hieß ihn und seine Leute willkommen, und bat die Frauen, aufzutischen. Die Frauen erhoben sich nun, und die ältere hatte alle Hände voll zu tun; sie rief die Mägde und lief aus und ein, während die jüngere am Feuer stehen blieb und die Fremden musterte. Und die sahen nun im Licht, dass die junge Frau sehr schön war, hochgewachsen und gut gebaut, mit schmaler Taille und hoher, fester Brust; ihre Augen waren groß und grau, ihre Haare fielen ihr bis über die Knie, sie waren goldgelb, glänzend und dicht, aber nicht sehr hell, und ihre Hände waren groß, aber weiß und mit Ringen geschmückt. Sie trug ein Gewand aus rostroter Wolle, reich bestickt und verziert; hatte Goldbänder um die Haare geschlungen und viele Schmuckstücke und Ringe, mehr, als Frauen sonst im Alltag anlegten.

Die Ältere brachte nun ein großes Methorn, drückte es der jungen Frau in die Hände und sagte:

»Es ist dein Vorrecht, auf dem Hof willkommen zu heißen, Vigdis.«

Die junge Frau, die Vigdis genannt wurde, nahm das Horn, ging an den Bänken vorbei und bot es erst Veterlide und dann den anderen Männern an. Ganz zum Schluss sah sie Ljot.

Ljot hatte zuerst unten auf der Bank bei der Tür gesessen, war aber später zum Feuer gegangen, denn er war nass. Und er hielt seinen Umhang mit einer Hand hoch, während ihm die schwarzen Haare in die Stirn fielen, weshalb Vigdis von seinem Gesicht nicht viel mehr sah als die Augen, die dunkelblau waren und tief in ihren Höhlen lagen.

Als die Jungfrau ihm das Horn reichte, ließ er den Umhang sinken, und beim Trinken blickte er sie über den Rand des Gefäßes an; es sah aus, als ob ihr sein Starren nicht gefiel, denn sie sprach nicht mit ihm, sondern nahm das Horn wieder entgegen, drehte sich um, und ging zu ihrem Hocker, wo sie sich niederließ.

Ljot setzte sich so, dass er Vigdis sehen konnte. Nach einer Weile schaute sie zu ihm hinüber, und ihre Blicke trafen sich; nun wandte sie sich ab und errötete. Gleich darauf sah sie ihn wieder an, und jetzt war sie es, die starrte, bis er seinerseits wegschaute.

Nun wurde eine so reichhaltige Mahlzeit aufgetragen, dass sie fast einem Gastmahl glich. Und Gunnar wollte seine Hausknechte zum Strand schicken und die Bootsleute holen, er sagte, seine Männer könnten über Nacht beim Schiff Wache halten.

Veterlide dankte, doch noch ehe er zu Ende gesprochen hatte, sagte Ljot zu seinem Verwandten:

»Es ist schon so spät, unsere Leute können doch diese Nacht beim Schiff verbringen, dann brauchen wir den Männern dieses Bauern keine Unannehmlichkeiten zu machen.«

Vigdis lachte und sagte:

»Der Isländer scheint ja sehr besorgt um seinen Besitz zu sein.«

Gunnar wies sie zurecht, aber nicht im Zorn, er meinte:

»Es ist sehr umsichtig von dem Isländer, unser Gesinde schonen zu wollen: Aber der Weg ist nicht weit, und die Leute, die heute bei diesem rauen Wetter rudern mussten, brauchen sicher frische Kost und ein Dach über dem

Kopf. Doch es klingt nicht gut, Tochter, einem Gast im Haus so zu antworten.«

Ljot lachte und erwiderte:

»Das war sicher nicht böse gemeint – und die Reden eines so jungen Mädchens wiegen nicht schwer.«

Auch die andere Frau sagte etwas zu Vigdis, aber ziemlich leise, und Vigdis achtete nicht darauf, sondern lächelte nur ein wenig, als sie dort saß. Gunnar schickte Leute zum Strand, und die anderen aßen und tranken.

Das Gespräch wandte sich jetzt dem grauen, harten Wetter der letzten Zeit zu, das für den Bauern ein großes Unheil bedeutet hatte, denn das Getreide war reif zur Mahd. Gunnar sagte: »In meiner Jugend bin ich selbst im Sommer ausgefahren, und am wenigsten mochte ich dieses Wetter mit Regen und Nebel und Windstille.«

Ljot antwortete nun mit einem Gedicht:

Wahr ist dein Wort
Gastfreier Gunnar!
Der Abend war grau,
Rans Töchter schliefen,
wenig Spaß bringt es,
mit ihnen zu spielen.
Ruhe harret
bei freundlichem Bauern.
Goldgeschmückte Disen
decken den Tisch;
schönere sah ich keine
je auf Erden.
Am liebsten bei ihr,
der Fensal-Feinen,
säße ich heute Abend,
zum Scherzen bereit.

Das Letzte sagte er leise, und Gunnar, der bereits angetrunken war, achtete nicht darauf, aber Veterlide hatte es gehört, und er begann sofort, mit Gunnar über dessen Reisen zu sprechen. Bald darauf ging Vigdis mit den Frauen in ihre Kammer.

Später, als sich die Männer zur Ruhe begeben hatten, sagte Veterlide zu Ljot, der mit ihm zusammen in einem geschlossenen Bett lag:

»Ich begreife dein Verhalten nicht, Verwandter, es macht keinen guten Eindruck, dass Gunnar uns gastfreundlich aufnimmt, während du schon am ersten Abend Verse für seine Tochter schmiedest.«

Ljot gab keine Antwort, und nun sagte Veterlide:

»Mir ist vorher auch noch nie aufgefallen, dass dir der Sinn nach Frauen steht – doch heute Abend hast du Vigdis nicht ein Mal aus den Augen gelassen. Wir sind noch nicht so lange auf See, dass dich der bloße Anblick einer Frau um den Verstand bringen dürfte.«

Ljot gab noch immer keine Antwort, sondern drehte sich zur Seite und stellte sich schlafend.

III

Am nächsten Tag, gleich nach dem Frühstück, ritten Gunnar und Veterlide zum Strand, Ljot aber legte sich auf die Bank und sagte, er sei müde. Sobald die anderen den Hof verlassen hatten, stand er auf, denn er wollte Vigdis suchen und mit ihr sprechen.

Ljot trug seine Reisekleidung, denn seine anderen Sachen lagen auf dem Schiff. Er trug einen langen, dunklen Umhang mit Kapuze, der auf seiner Brust mit einer kostbaren vergoldeten Schnalle geschlossen war. Unter dem Umhang hatte er einen schwarzen Wollkittel, der an allen Nähten mit Silber und Blau verziert war, denn Ljot liebte jegliche Pracht. Er trug prächtige Reifen um die Arme und Ringe an den Fingern, und er konnte sich durchaus sehen lassen, er war groß gewachsen, hatte breite Schultern, eine schmale Taille wie eine Frau und geschmeidige Glieder. Sein Gesicht war schön und schmal, nur war seine Haut bräunlich, und er hatte einen großen, vorstehenden bleichen Mund. Er hatte blaue Augen und lange schwarzbraune Haare, die von einem Seidenband gehalten wurden.

Die Sonne schien an diesem Tag, es war schönes Wetter, und als Ljot auf den Hofplatz trat, sah er Vigdis auf der Wiese, die nördlich der Häuser lag. Er lief hinter ihr her und holte sie am Waldrand ein, dort wünschte er ihr einen guten Tag und fragte, ob sie irgendwo etwas zu erledigen habe. Vigdis antwortete, sie habe nichts zu erledigen, sie wolle nur in den Wald gehen und Beeren essen.

»Dann begleite ich dich«, sagte Ljot, »denn du kannst doch nicht allein weitergehen, ich habe gehört, dass hier oft Bären unterwegs sind.«

»Ich hätte meinen Stallknecht mitnehmen können, wenn ich mich fürchtete«, erwiderte Vigdis, »und unbewaffnet bin ich auch nicht.« Dabei zeigte sie ihm ein großes Messer, das sie in ihrem Gürtel trug. Es war am Griff mit vergoldetem Eisendraht umwickelt, aber in die Klinge waren Runen eingeritzt.

Ljot nahm das Messer in die Hand, sah es an und sagte:

»Das ist ein seltsames Messer, und es scheint sehr alt zu sein, woher hast du es?«

»Das war immer schon in meiner Familie«, sagte Vigdis. »Angeblich waren die Frauen aus meiner Sippe Godinnen an der Opferstätte hier oben im Wald, aber das ist lange her, niemand weiß noch viel darüber. Unsere Leibeigenen schlachten dort Hähne und Schafe. Aber mein Vater glaubt nur an seine eigene Macht und Stärke, und mein Großvater besaß auch keinen anderen Glauben, habe ich gehört.«

»So geht es mir auch«, sagte Ljot und lachte. »Aber außerdem bin ich einmal christlich getauft worden.«

»Das ist ein seltsamer Glaube«, erwiderte Vigdis. »Der Weiße Christ kann wohl keine große Hilfe sein, habe ich gehört, er konnte sich nicht einmal selbst befreien, sondern wurde unten im Morgenland von seinen Feinden getötet.«

»Ich kenne mich da nicht so aus«, sagte Ljot. »aber ich glaube auch nicht, dass er viel vermag. In Dänemark bin ich allerdings einem Heilkundigen begegnet, der eine hässliche, faulige Wunde in meiner Wade behandelt hat;

er wollte keinen anderen Lohn annehmen, und da habe ich mich taufen lassen, um ihn nicht zu verärgern.«

»Ja, du bist sicher weit herumgekommen«, sagte Vigdis. »Aber wieso bist du nicht mit deinem Verwandten geritten, um die Waren vom Schiff an Land zu bringen? Etwas musst du doch an Bord haben, das du errungen hast, oder weshalb wirst du Viga-Ljot genannt?«

»Ach, ich habe schon etwas errungen, und das ist gut genug«, sagte er, »außerdem gefällt mir das, was ich erst noch gewinnen werde, viel besser.«

»Das kann ich mir vorstellen«, antwortete Vigdis. »Es heißt, die Isländer seien habgierig und wortkarg.«

Ljot sagte:

»Ich habe bisher nur gehört, dass jeder Mann gern Besitz an sich bringt. Aber habgierig hat mich vor dir noch niemand genannt.«

Vigdis lachte und sagte:

»Aber die Reden eines so jungen Mädchens wiegen ja nicht schwer.«

»Ich glaube fast, du verabscheust mich, Vigdis«, meinte nun Ljot. »Als wir uns vorhin begegnet sind, hattest du keinen freundlichen Blick für mich.«

»Es ist hier in der Gegend auch nicht Brauch«, erwiderte sie, »Fremde zu ausgiebig anzusehen.«

Nun lachte Ljot und entgegnete:

»Du hast dir ja wohl keine Goldbänder um die Haare geschlungen, Vigdis, um dich hinter deinen Mägden zu verstecken.«

»Warum sollte ich kein Gold tragen, wenn mein Vater es mir gibt«, sagte Vigdis.

Sie hatten die Opferstätte erreicht, die auf einer Lichtung lag und von dichtem Wald umgeben war. Sie bestand aus einem Steinring, und in dessen Mitte lag der Opferstein; aber viele Steine waren umgestürzt, und auf der ganzen Lichtung und auf der Opferstätte wuchsen kleine Eichen, Birken und Ebereschen. Zwischen den Steinquadern standen hohe rote Blütendolden, und einige hatten schon Samen, sodass der Wind ihnen den Flaum wegwehte, er flog in die Kleider der beiden und blieb in ihren Haaren hängen, und Vigdis schüttelte ihr Gewand und ihre Haare, als sie dort weitergingen.

Ljot sagte zu Vigdis, während sie Beeren aßen:

»Mein Onkel möchte Gunnar bitten, uns als zahlende Gäste aufzunehmen, während wir uns nach Bauholz umsehen. Aber dir wäre es wohl lieber, wir reisten so schnell weiter, wie wir gekommen sind. Denn ich glaube, du kannst uns nicht leiden?«

»Mein Vater muss selbst wissen, was für Leute er auf dem Hof aufnimmt«, sagte Vigdis. »Dabei hat er mich noch nie um Rat gefragt. Aber er lässt mich in meinen eigenen Angelegenheiten selbst entscheiden.«

»Das kann ich mir vorstellen«, sagte Ljot und lachte. »Du scheinst eine streitsüchtige und eigensinnige junge Frau zu sein.«

»Das wird behauptet«, antwortete sie. »Und du kommst mir vor wie ein freimütiger und kühner junger Mann.«

»Ja, das kann ich bezeugen«, sagte Ljot. »Aber darf ich jetzt davon ausgehen, dass wir beide keine Feinde sind?«

»Sieht nicht so aus«, antwortete Vigdis. Und nun setzten sie sich auf einen Stein und aßen Süßfarnwurzeln, die Vigdis ausgegraben hatte. Aber als sie aufstanden, vergaß Vigdis ihr Opfermesser.

Ljot hob es auf, als sie nicht hinschaute, und schob es unter seinen Kittel. Danach gingen sie nach Hause, lachten miteinander und waren guter Dinge.

IV

Veterlide kaufte Holz von Gunnar. Der mochte die Isländer nicht als zahlende Gäste haben, bat sie aber, so lange zu bleiben, wie sie wollten, und jedes Mal, wenn Veterlide von Aufbruch sprach, meinte Gunnar, es eile nun wirklich nicht. Das dachte Ljot auch, und so oft er konnte, suchte er das Gespräch mit Vigdis.

Darauf sprach Veterlide ihn eines Tages unter vier Augen an. Ljot erwiderte:

»Ich würde mich am liebsten mit Vigdis verloben; ich habe nie eine gefunden, mit der ich lieber zusammenleben würde. Sie ist schöner als die meisten Frauen, die ich gesehen habe, ihre Rede ist freimütig und lebhaft, und eine reichere Braut kann ich wohl kaum finden, da sie Gunnars einziges Kind ist. Ich glaube auch, dass Gunnar mich leiden mag.«

»Es ist aber trotzdem nicht sicher, ob er Lust auf diesen Handel hat«, sagte Veterlide, »wenn sie dann mit dir so weit von zu Hause weggehen muss. Das Wichtigste wird sein, dass Vigdis dir ihre Zuneigung schenkt, denn diese junge Frau wird über ihre Heirat zweifellos selbst entscheiden. Und du musst ja wohl wissen, was sie dir gegenüber empfindet, ihr wart doch so viel zusammen.«

Ljot wurde nachdenklich und sagte nach einer Weile:

»Es ist nicht leicht zu erraten, was in einer Frau vorgeht. Ich hatte oft das Gefühl, dass sie mich gernhat – aber sie gerät so leicht in Zorn – und in süßen Worten kann sich Verrat verbergen.«

»Ich glaube nicht, dass es in Vigdis Verrat gibt«, erwiderte Veterlide. »Aber sie ist jung, und es kann sein, dass sie nur ungern ihrer Zuneigung zu einem Gatten nachgeben wird. Denn sie kommt mir überaus eigensinnig vor. Ich rate dir also, langsam und mit angemessener Umsicht vorzugehen. Jetzt werden wir erst einmal in den Norden zu unseren Verwandten reisen, und wenn wir zurückkommen, wird sich zeigen, was sie für dich empfindet und ob du ihr gefehlt hast.«

»Ich breche nicht von hier auf«, sagte Ljot, »ehe ich weiß, was aus diesem Handel wird.«

V

An diesem Abend suchte Ljot Vigdis in ihrer Kammer auf, wo sie auf der Bank saß und nähte. Sie trug ein blaues, reichverziertes Gewand, und ihre blonden Haare hingen lose herunter und leuchteten im Schein des lodernden Feuers. Als sie ihn sah, legte sie ihre Näharbeit weg und stand auf, um ihm entgegenzugehen, aber Ljot lief eilig weiter und setzte sich zu ihr auf das Kissen. Vigdis fragte:

»Du bist kühn, wenn du mich in meiner Kammer besuchst, jetzt am Abend, wo mein Vater nicht zu Hause ist.«

»Ich habe dich in den letzten Tagen nur wenig gesehen«, sagte Ljot, »und es gibt so vieles, worüber ich gern mit dir reden würde.«

»Aber wir haben doch jeden Tag miteinander gesprochen«, gab Vigdis zurück.

»Ich habe vieles noch nicht gesagt, Vigdis, und darüber möchte ich lieber mit dir allein sprechen. Veterlide hat heute gesagt, dass ich doch wohl wissen müsste, was du empfindest, ob du mich magst. Oft kam es mir vor, als freutest du dich, mich zu sehen, doch dann waren deine Worte oft seltsam; und weil du so leicht in Zorn gerätst, denke ich fast, du hegt einen heimlichen Groll gegen mich.«

»Warum sollte ich einen heimlichen Groll gegen dich hegen«, fragte Vigdis. Sie schwieg eine Weile und sah Ljot nicht an. Dann sagte sie:

»Seltsam, dass du mir das erzählst. Denn ich hatte oft den Eindruck, du seist jähzornig, wenn wir zusammen waren, und viele Male wusste ich nicht, warum wir uns stritten oder ob du mich verspotten wolltest. Ich habe doch mein ganzes Leben hier im Wald verbracht, und nur wenige Fremde lassen sich in unserer Gegend blicken, während du weit herumgekommen bist und viel gesehen hast. Es stimmt nicht, dass ich oft böse auf dich war.«

»Ich spreche nicht oft mit Frauen«, sagte Ljot langsam. »Aber mir ist nie eine begegnet, mit der ich lieber zusammen gewesen wäre als mit dir. Und keine, mit der ich gern zusammenleben würde.«

Vigdis gab keine Antwort, und er sprach eilig weiter:

»Wenn es dir recht ist, werde ich bei Gunnar um deine Hand anhalten und mich mit dir verloben.«

Vigdis sagte noch immer nichts, aber Ljot legte ihr die Hände um den Hals und küsste sie auf den Mund. Und da die junge Frau nicht zurückwich, zog er sie dichter an sich heran und nahm sie auf den Schoß. Nun begann sie zu weinen, sprang auf und lief zur Feuerstätte; wo sie sich auf den Schemel setzte; ihre Haare fielen über ihr Gesicht wie ein Schleier, der im Feuerschein aufleuchtete. Kein Mann kann jemals etwas Schöneres gesehen haben, dachte Ljot. Er ging hinter ihr her und legte die Hand an die Stange, mit der die Rauchklappe geöffnet wurde, dann sagte er:

»Es wäre schlimm, wenn ich dich zum Weinen brächte, meine Schöne. Aber beantworte jetzt meine Frage.«

»Gib mir ein wenig Zeit«, bat Vigdis. »Reise zu deinen Verwandten im Norden, wie du es vorhattest, und wenn du zurückkommst und dein Schiff hier anlegt, werde ich dir antworten. Ich glaube fast, dein Wunsch wird sich erfüllen, aber ich müsste so weit von meinem Vater fortreisen und ihn allein lassen. Und das alles kommt sehr überraschend.«

»So überraschend nun auch wieder nicht«, sagte Ljot. »Ich bin schon seit drei Wochen hier. Ich weiß nicht, welche Geister über das Geschick der Menschen entscheiden, aber unsere Geschicke sind von den Nornen miteinander verflochten worden, das weiß ich seit jenem Tag, als wir an der Opferstätte miteinander gesprochen haben.«

»Jetzt sehe ich dir an, dass du schon wieder zornig bist«, sagte Vigdis. »Ich bin noch jung, und es ist zu früh, schon an eine Heirat zu denken.«

Ljot wandte sich ab und wollte gehen. »Wir sind doch wohl alt genug – aber ich sehe dir ja an, dass du nicht weißt, was du willst.«

Vigdis sprang auf, lief hinter ihm her und sagte:

»Lass mir doch die Frist, um die ich dich bitte; ich möchte ja eigentlich, dass du mich nicht umsonst gefragt hast. Aber ich habe das Gefühl, dich erst wenig zu kennen, und du würdest mich weit weg von allem führen, was mir gehört.«

Nun legte sie ihm die Arme um den Hals und küsste ihn. Aber dann schob sie ihn aus der Tür und bat ihn zu gehen.

VI

Vigdis blieb zwei Tage in ihrer Kammer. Dann kam ein Gast auf den Hof, Kåre von Grefsin.

Dieser Kåre war kürzlich aus Trondheim zurückgekehrt, und er hatte viel zu erzählen, über Jarl Håkon auf Lade, der kürzlich von dem Leibeigenen Kark ermordet worden war, und über König Olav. Vigdis ging abends in die Halle, setzte sich zu Kåre, und die beiden redeten freundschaftlich miteinander.

Kåre war sehr jung, von hellem Teint, groß und schön. Ljot gefiel es gar nicht, dass Vigdis bei ihm saß und mit ihm trank. Das sagte er Vigdis, als er einmal neben ihr stand:

»Du scheinst ja sehr gut zu wissen, wie du über Kåre von Grefsin denkst.«

»Das stimmt«, antwortete Vigdis. »Kåre und ich sind miteinander aufgewachsen, und ich freue mich sehr über dieses Wiedersehen.«

Aber von nun an war Ljot wütend auf Kåre, und alles, was Kåre an diesem Abend erzählte, und alles, was er lobte, wollte Ljot übertreffen. Am Ende kam das Gespräch auf Pferde; Kåre sprach nun über seinen Hengst Sløngve, den Gunnar aufgezogen und dann Kåre geschenkt hatte.

Ljot erwiderte, er habe den Hengst gesehen, denn sie hatten in diesen Tagen die Pferde aus dem Wald geholt, um sie nun bei der Ernte einzusetzen. Und er meinte, der

Hengst, den er von den Arnessöhnen auf Grimelundar gekauft hatte, sei doch besser, er hieß Årvak, und ein besseres Tier, sagte Ljot, hätten sie in dieser Gegend wohl noch nie gesehen.

»Er bietet wirklich einen schönen Anblick«, sagte ein alter Mann, der in Ljots Nähe saß, »doch Kåres Hengst hat ihn im vorigen und in diesem Jahr bei den Spielen übertroffen. Aber du hast scheinbar keine Ahnung«, sagte er zu Ljot, »wenn du hier auf dem Hof etwas lobst, das von den Arnessöhnen kommt.«

»Wie ist das zu verstehen?«, fragte Ljot den Alten.

»Es herrscht Feindschaft zwischen Vadin und Grimelunden, seit Eyolf Arnessohn um Vigdis angehalten hat und abgewiesen wurde«, erklärte dieser.

»Das wusste ich tatsächlich nicht«, sagte nun Ljot, und der Alte erwiderte:

»Gunnar hätte Eyolf wohl gern in der Familie gehabt, aber angeblich wollte Vigdis nicht. Das kann eigentlich niemanden verwundern, denn über die Arnessöhne wird nicht gut geredet, und es heißt hier im Dorf, sie habe Kåre schon als Kind gerngehabt. Die Arnessöhne haben Gunnar seither oft bedroht, doch bestimmt sehen sie sich vor, denn Gunnar ist jetzt zwar alt, aber er hat doch noch nicht alle Zähne verloren.«

Ljot sagte nichts mehr, sondern schaute nachdenklich zu Vigdis und Kåre hinüber. Nach einer Weile ging er zu Kåre und sagte:

»Heute Abend ist nun so viel geredet worden, findest du nicht auch, dass es lustig sein könnte, unsere Hengste auf die Probe zu stellen, dann könnten doch alle sehen, welcher der bessere ist.«

»Von mir aus gern«, antwortete Kåre und lachte. »Aber das ist doch eigentlich gar nicht nötig, denn hier in der Gegend wissen es alle auch so.«

Nun ergriff Vigdis das Wort:

»Du solltest das teure Ross nicht verspielen, es kann doch gut genug sein, auch wenn ein anderes besser ist.«

Ljot rief voller Zorn:

»Ich habe weniger Angst, mein Eigentum aufs Spiel zu setzen, als du glaubst – und jetzt soll Kåre uns beweisen, was sein Pferd wirklich taugt. Wir werden die Pferde morgen zusammentreiben, und ich werde Årvak nicht mit nach Island nehmen, wenn er nicht den Sieg davonträgt.«

»Eyolv wird ihn wohl kaum zurücknehmen«, sagte Vigdis und lachte.

»Danach werde ich ihn nicht fragen«, erklärte Ljot. »Dann schlage ich das Pferd tot.«

Und nun streifte er einen goldenen Reifen von seinem Arm und warf ihn in das Feuer, das auf dem Boden brannte, während er rief:

»Du sollst mich nicht verspotten, Vigdis, und behaupten, ich hätte Angst um meinen Besitz.«

Aber Vigdis beugte sich vor, griff ins Feuer, reichte Ljot den Reifen und sagte:

»Es wird nicht besser, wenn man sich wie ein Narr aufführt.«

Nun packte Ljot den Reifen und warf ihn hinüber zu den Leibeigenen bei der Tür; wer den Reifen auffange, dürfe ihn behalten, sagte er. Es kam zu einem wilden Handgemenge, ein Leibeigener schlug den zu Boden, der den Ring zuerst erwischt hatte, und das Gastmahl schien in tiefer Zwietracht enden zu wollen. Veterlide stürzte zu seinem Verwandten, packte ihn am Arm und wies ihn mit harten Worten zurecht, doch Ljot lachte nur. Und bei diesem Streit wurde nun abgemacht, dass Kåre und Ljot am nächsten Tag ihre Pferde zusammenbringen würden.

VII

Aus der ganzen Gegend strömten die Leute zusammen, um dem Kampf der Pferde zuzusehen; auch mehrere Frauen waren dabei. Als Kampfplatz war eine Wiese in der Nähe von Vadin ausgesucht worden.

Ljot war vor Kåre da, er führte seinen Hengst und hielt eine Stange zum Antreiben des Tieres in der linken Hand. Er war ausgerüstet mit einem Saxschwert und einem Helm, über seinen Schultern lag ein prachtvoller scharlachroter Umhang mit goldenen Nähten, den legte er auf einen Stein. Darunter trug er einen kurzen roten Kittel. Die Arnessöhne waren da, sie begrüßten Ljot und schüttelten ihm die Hand.

Der Hengst war groß und wunderschön anzusehen, die Zuschauer trauten ihm sehr viel zu. Er schrie und wieherte, als er die anderen Pferde sah, die um die Wiese herum angebunden waren.

Es dauerte eine Weile, bis Kåre eintraf, und die Arnessöhne nutzten die Gelegenheit zum Spott: Er bereue wohl, diese Herausforderung angenommen zu haben, und Ljot lachte mit ihnen.

Nun kam Kåre, in Begleitung von Gunnar und Vigdis. Kåre war voll bewaffnet und trug eine Brünne, er hatte ein Bärenfell über den Schultern liegen und hielt neben der Pferdestange noch einen Speer in der Hand.

Als Årvak den anderen Hengst sah, erkannte er ihn und

erinnerte sich wohl an ihre Begegnung im Wald, denn er riss sich von Ljot los, machte kehrt und wollte vom Kampfplatz fliehen. Die Zuschauer lachten, aber Ljot lief hinter dem Pferd her, packte es mit der linken Hand in der Mähne und schlug ihm mit der Pferdestange auf Flanken und Brust; er war blutrot im Gesicht. Danach trieb er das Pferd wütend vor sich her.

Sløngve riss das andere Tier sofort zu Boden, trat es mit den Vorderhufen und richtete es mit Bissen so übel zu, dass Årvak abermals fliehen wollte. Nun riss Ljot das Schwert von seinem Gürtel und prügelte auf Årvak ein, glitt jedoch im Gras aus und ritzte Sløngves Bauchfell auf. Dabei fiel er unter die Pferde, es sah gefährlich aus. Vigdis schrie, die Leute sollten die Hengste trennen, und Kåre stürzte hin und schlug mit dem Speerschaft zu, worauf Sløngve sich für einen Moment auf die Hinterbeine stellte und Årvak losließ; der konnte sich befreien, drehte sich um und rannte blutend und schlimm zugerichtet in den Wald. Bei Sløngve jedoch quoll das Gedärm aus der Wunde, die Ljot ihm zugefügt hatte.

Ljot war am Kopf von einem Pferdehuf getroffen worden, und das Blut lief ihm in die Augen, Kåre reichte ihm die Hand, um ihm auf die Beine zu helfen, und sagte:

»Ich habe noch nie gesehen, dass sich ein Mann dermaßen in einen Pferdekampf eingemischt hat; für das Pferd wirst du mich entschädigen müssen.«

»Hier hast du deine Entschädigung«, erwiderte Ljot und wirbelte mit dem Fuß Erde hoch, »du hast dem Pferd Angst gemacht, weil du ein Bärenfell trägst wie ein Waldtroll.«

»Uns machst du keine Angst, Viga-Ljot«, sagte Kåre, »auch wenn du auf Island jemanden umgebracht hast«, und nun drehte er seinen Speer so, dass die Spitze auf Ljot zeigte.

Ljot hatte sein Schwert in der Hand, er schlug den

Speerschaft in der Mitte durch und traf Kåres Arm, wenn auch nicht zu sehr; Kåre warf den Speerstumpf weg, zog das Schwert und griff Ljot an, aber Ljot sank in diesem Moment bewusstlos zu Boden, und Blut strömte ihm aus dem Mund, die Pferde hatten ihn hart getreten.

Nun kam Veterlide dazu, legte Kåre die Hand auf die Schulter und redete ihm zu; er sagte, dass er für Pferd und Wunde bezahlen werde, die Höhe der Entschädigung solle Kåre selbst festlegen.

»Ich will von dir keine Entschädigung, Isländer«, antwortete Kåre, »ich sehe doch, dass dein Verwandter mir ans Leben will.«

»Ich will keinen Streit mit Gunnars Freunden«, erwiderte Veterlide, »er hat anderes von uns verdient.« Und er nahm Kåre beiseite und sprach mit ihm.

Doch Gunnar hatte seinen Speer genommen und ihn Sløngve in die Brust gerammt.

Koll und Eyolv, die Arnessöhne, hoben Ljot auf, und nach einer Weile kam er wieder zu Bewusstsein. Inzwischen war Kåre mit Veterlide weggegangen. Ljot wischte sich das Blut aus dem Gesicht und hielt Ausschau nach Vigdis. Sie hockte neben dem getöteten Pferd und streichelte dessen Kopf, sie weinte bitterlich.

Ljot ging zu ihr, lachte und fragte:

»Was sagst du jetzt zu diesem Pferdekampf, Vigdis?«

Vigdis weinte noch mehr und sagte:

»Ich will nicht mit dir reden.«

»Hast du Angst, dass es Kåre von Grefsin so ergehen könnte wie seinem Pferd?«, höhnte Ljot.

»Kåre ist es nicht, der sich heute Schande zugezogen hat.«, sagte Vigdis. Sie hob die Mähne vom Pferdekopf und streichelte das Maul, »aber jetzt will ich nicht mehr mit dir reden.« Sie stand auf, ging weinend zu ihrem Vater und wurde dann von ihm mitgenommen.

Die Arnessöhne kamen zu Ljot und luden ihn zu sich nach Hause ein.

»Ich kann nicht mit euch kommen«, sagte Ljot. »Ich darf Gunnar nicht auf diese Weise die Freundschaft kündigen.«

»Die Frage ist doch«, sagte Eyolv, »ob Gunnar nicht größere Angst hat, auf die Freundschaft zu seinem Schwiegersohn verzichten zu müssen.«

»Wen nennst du so?«, fragte Ljot wütend.

»Es wird ja wohl Kåre«, ergriff nun Koll das Wort, »aber es ist ja noch nicht sicher, dass er den Handel abschließen wird, seinem Willen ist sie ja schon nachgekommen.«

»Jetzt lügst du aber«, sagte Ljot.

»So ist es«, erwiderte Eyolv, »unser Hirte hat Kåre im Frühjahr über den Fluss zu Vigdis in den Wald reiten sehen, und dort hat er bei ihr gelegen.«

»Der hat sicher gelogen, dein Hirte«, sagte Ljot noch einmal, drehte sich um und wollte gehen. Aber Eyolv fragte die Umstehenden: »Wo ist Kåre von Grefsin, Viga-Ljot will mit ihm reden.«

»Ach, der ist mit dem anderen Isländer nach Vadin gegangen«, lautete die Antwort.

Ljot blieb eine Weile dort stehen und schaute zum Hof hoch. Er sah schrecklich aus, leichenblass und blutverschmiert im Gesicht. Nach einer Weile drehte er sich um und wäre fast gestürzt. Die Arnessöhne fassten ihn unter den Armen, halfen ihm auf ein Pferd, und nun ritt er mit ihnen westwärts nach Grimelundar.

VIII

Veterlide war es gar nicht recht, dass Ljot nun auf Grimelundar war, nach einigen Tagen ritt er hinüber und fand seinen Verwandten auf dem Dachboden liegend vor.

»Jetzt habe ich Kåre entschädigt«, sagte Veterlide, »und nun bitte ich dich, mit ihm Frieden zu schließen.«

Dazu sagte Ljot nichts, fragte jedoch nach einer Weile:

»Was wird auf Vadin über diese Angelegenheit gesagt?«

»Nicht viel«, erwiderte Veterlide, »wie es von Gunnar zu erwarten war, er ist schließlich ein großzügiger Mann, aber ich muss dir leider sagen, dass er dein Verhalten verurteilt.

Ljot blieb eine Weile liegen und zupfte Haare aus dem Fell, mit dem er sich zugedeckt hatte; dann erzählte er Veterlide, was der Hirte der Arnessöhne gesehen hatte.

»Was Eyolfs Hirte sagt, hat keine große Bedeutung, und wenn alle seine Schafe dasselbe behaupten«, meinte Veterlide. »Solches Gerede tragen eifersüchtige Weibsbilder weiter, es ist schlimm, Verwandter, dass du dich mit solchen Lümmeln einlässt.«

»Du kannst herausfinden, wie Gunnar in dieser Angelegenheit über mich denkt, du weißt schon, was ich meine«, sagte Ljot nach einer Weile.

»Solche Fragen kann ich nicht stellen, solange du hier liegst«, gab Veterlide zurück. »Es wäre mir am liebsten, du kämst jetzt mit mir zurück nach Vadin.«

»Ich habe Rückenschmerzen«, sagte Ljot. »Ich kann nicht reiten.«

»Wenn du herreiten konntest, kannst du ja wohl auch zurückreiten«, meinte Veterlide. »Es ist aber auch kein Wunder, dass du keine Lust hast, nach Vadin zu kommen, da hast du ja nicht gerade Ehre gewonnen. Ich rate dir aber, mich trotzdem zu begleiten. Die Arnessöhne wollen zweifellos Zwietracht zwischen dir und Gunnar säen, sie haben Angst davor, ihn allein anzugreifen, und jetzt wollen sie dich vor sich herschieben – aber lass sie doch an ihrem Herd sitzen und ihre Schafwolle allein spinnen, und mische dich nicht in ihre Angelegenheiten ein.«

Aber Ljot bestand weiterhin darauf, dass er nicht reiten könne. Die Arnessöhne baten Veterlide, zum Essen zu bleiben, aber er wollte nicht und ritt unverzüglich zurück nach Vadin.

Und nun kam es so, wie Veterlide gesagt hatte, und als er mit Gunnar über Ljot sprach und ihm sagte, dass er Vigdis liebgewonnen habe, antwortete dieser:

»Ich will es nur ungern zu Unstimmigkeiten zwischen uns kommen lassen, Isländer, denn von dir denke ich nur das Beste, und ich glaube gern, dass Ljot Gissurssohn besser ist als der Eindruck, den man von seinem Verhalten hier in der Gegend gewinnt, aber ich habe keine Lust, meine Tochter mit ihm über das Meer zu schicken, und ich will meinen Schwiegersohn nicht von Grimelundar holen.«

»Das ist kein Wunder«, antwortete Veterlide. Danach wurde nicht mehr über diese Angelegenheit gesprochen. Vigdis erfuhr nichts vom Gespräch der beiden Männer.

IX

Veterlide sprach noch mehrere Male mit Ljot und wollte ihn von Grimelundar holen, aber Ljot behauptete jedes Mal, sehr krank zu sein, er speie Blut und habe Kopfschmerzen. Er sagte, er könne Veterlide nicht nach Romerike begleiten, und als Veterlide dann zurückkam und die Heimreise nach Island antreten wollte, ließ Ljot sich nicht bewegen. Nun wollte der andere auch nicht mehr aufbrechen, »denn«, sagte er, »wenn du hier bei den Arnessöhnen bleibst, werden die dich zu schändlichen Dingen verleiten.«

»Geh du nur, Verwandter«, erwiderte Ljot. »Jetzt bin ich so weit wiederhergestellt, dass ich nach Romerike reiten kann, und danach möchte ich König Olav aufsuchen und die Leute von zu Hause treffen, die bei ihm sind. Und die Arnessöhne haben mich nicht um Hilfe gebeten, sie haben mir nur Freundschaft erwiesen.«

»Versprichst du mir, nach Norden zu gehen?«, fragte Veterlide. Ljot versprach es, und als er die Gegend verlassen hatte, trat Veterlide die Heimweise nach Island an. Er trennte sich von Gunnar in tiefer Freundschaft, und sie tauschten reiche Geschenke aus; Vigdis gab er einen goldenen Schmuck für die Brünne und einen südländischen Spiegel, sie schenkte ihm zum Abschied einen reich verzierten roten Seidenumhang.

X

Es ging auf den Herbst zu, und nun hieß es in der Gegend, Viga-Ljot sei wieder da. Er wohnte bei einem Bauern namens Torbjørn auf Hestløkken, im Wald zwischen Grimelundar und Vadin, war aber viel mit den Arnessöhnen zusammen.

Eines Abends kam ein kleiner Junge nach Vadin und wollte mit Vigdis sprechen. Er hieß Helge und war der Sohn einer armen Frau, die in der Nähe des Hofes im Wald hauste. Er sagte, seine Mutter sei krank, und er bat Vigdis, mitzukommen und ihr zu helfen. Vigdis sagte, Æsa – so hieß ihre Pflegemutter, die dem Haushalt auf Vadin vorstand – sei hier die bessere Heilkundige, und es wäre sinnvoller, wenn sie den Jungen begleitete. Aber Helge ließ sich nicht umstimmen, seine Mutter wolle unbedingt mit Vigdis sprechen. Also legte sie einen Umhang um und machte sich mit Helge auf den Weg.

Es war dunkel, als sie das Haus verließen. Zunächst folgten sie dem Weg, aber dann bog der Junge zum Waldrand hin ab, er sagte, es sei gefährlich, jetzt über die Wiese zu gehen, denn es sei der letzte Tag im Oktober. Kaum hatten sie den Wald betreten, durch den ein Viehpfad verlief, kam ihnen ein Mann entgegen. Vigdis fragte, wer er sei.

»Ich bin's«, antwortete der Mann. »Ljot.«

Helge zog nun seine Hand zurück und wollte davonlaufen, aber Vigdis hielt ihn fest und fragte:

»Hat dich dieser Mann geschickt, um mich zu holen?«

Der Junge gab keine Antwort, Ljot aber sagte:

»Das habe ich getan, er wollte Æsa holen, und da habe ich ihn gebeten, dafür zu sorgen, dass ich mit dir sprechen könnte, denn ich wusste doch, dass es keinen Sinn hätte, nach Vadin zu kommen, um mit dir unter vier Augen zu reden.«

»Das ist eine seltsame Art, mich aufzusuchen«, sagte Vigdis verächtlich.

»Ja, ich wusste mir keinen anderen Rat«, sagte Ljot. »Ich habe mich lange genug hier beim Hof herumgetrieben, in der Hoffnung, dir zu begegnen.«

Der Junge wollte wieder weglaufen, aber Vigdis hielt noch immer seine Hand fest. Nun bat Ljot: »Lass den Jungen los, du hast doch wohl keine Angst davor, mit mir zusammen zu sein, und ich werde dich zum Hof zurückbringen.«

»Dann geh«, sagte Vigdis zu Helge, und danach fragte sie Ljot: »Und was willst du von mir, wo du mich in den Wald locken musstest?«

»Du weißt genau, was ich von dir will«, erwiderte Ljot verärgert.

Vigdis schwieg dazu, und nun sagte Ljot:

»Jetzt weiß ich es, je weiter ich von dir entfernt bin, umso mehr sehne ich mich nach dir, und sicher wird der Tag niemals kommen, an dem ich nicht mehr an dich denke.«

Vigdis fing an zu weinen und antwortete:

»Warum hast du dich dann mit meinem Vater überworfen?«

»Es ist eben passiert«, sagte Ljot. »Hier in der Gegend heißt es, dass du Kåre von Grefsin versprochen bist.«

»Meinst du, dann hätte ich dich hereingelassen an dem

Abend, an dem du in meine Kammer gekommen bist?«, erwiderte Vigdis. »Du warst es doch, der für uns von Anfang an alles unmöglich gemacht hat.«

»Ja, geschickt war es nicht«, sagte Ljot. »Aber was Kåre angeht, da entscheidet ja wohl dein Vater.«

»Gunnar wird mich niemals mit einem Mann verheiraten, den ich nicht selbst haben will – das hat er mir versprochen«, sagte Vigdis.

»Willst du mich denn?«, fragte Ljot, und Vigdis antwortete: »Ja, das will ich, wenn es also möglich ist.«

»Ja, dann wäre es doch ein Wunder, wenn es nicht möglich wäre«, sagte Ljot überglücklich und nahm sie in die Arme. Er setzte sich auf einen Baumstumpf und nahm sie auf den Schoß, da legte sie ihm den Arm um den Hals und küsste ihn. Aber als Ljot sie nicht losließ und heftig küsste, bekam sie Angst und wollte so schnell wie möglich nach Hause.

»Dann bringe ich dich am besten hin, dann kann ich noch heute Abend mit deinem Vater sprechen. Ich würde gern bald alles mit Gunnar festmachen.«

»Tu das nicht«, bat Vigdis, »du bist allein und hast keine andere Waffe als diesen Speer.«

Ljot lachte und sagte: »Ja, meinst du denn, der genügt mir nicht – es wäre schon schlimm, wenn es zwischen mir und Gunnar zum Kampf käme.«

Vigdis überlegte eine Weile, dann sagte sie:

»Ich habe gehört, dass oben beim König viele Isländer sind, kennst du keinen von diesen Männern?«

»Doch«, antwortete Ljot. »Und zwar Toralv und Gissur Torbjørnssöhne, meine Pflegebrüder.«

»Kannst du nicht zu ihnen reisen?«, bat Vigdis. »Wenn sie deine Fürsprecher wären, würde es bei meinem Vater leichter gehen.«

»Du willst mich ja wirklich dringend aus der Gegend

verjagen«, sagte Ljot und nahm sie nun wieder auf den Schoß. Vigdis kamen erneut die Tränen, sie klagte:

»Ich fürchte, dass es ein böses Ende nehmen kann, wenn du deine Sache allein vorträgst, so unbeherrscht, wie du bist, und jetzt ist Gunnar böse auf dich. Es wäre viel besser, wenn du jemanden hättest, der dich unterstützt und dir Ratschläge gibt.«

Ljot schob sie von sich weg, und sie ging nun über den Weg davon, dabei weinte sie die ganze Zeit. Dann folgte ihr Ljot – mit einem Schritt Abstand. Nach einer Weile sagte er:

»Ich werde tun, was du willst, Vigdis – auch wenn du weißt, dass es eine lange Reise ist, jetzt, wo der Winter kommt. Und es ist nicht gesagt, dass die Torbjørnssöhne große Lust haben werden, mit mir herzukommen. Was soll ich dann machen?«

»Das musst du entscheiden«, sagte Vigdis, drehte sich um und gab ihm die Hand. Sie gingen zusammen nach Vadin hinunter. Ljot versprach ihr, schon am nächsten Tag in den Norden zu reisen. Sie trennten sich beim Gatter, aber ehe er ging, sagte Ljot, er wolle sie ein letztes Mal wiedersehen. Mit beiden Händen packte er ihre Haare und wickelte sie sich um Nacken und Hände.

»Komm morgen zur Opferstätte, ich habe dich doch so lange nicht gesehen, und heute Abend war es dunkel – ich werde vor Sonnenuntergang dort sein – außerdem hast du dort bei unserem letzten Treffen etwas verloren, das wirst du dann zurückbekommen. Ich habe es aufbewahrt, um einmal einen Grund zu haben, dich aufzusuchen.«

»Ich weiß nicht, was das sein kann«, sagte Vigdis. Ljot lachte und sagte, das werde sie schon sehen. Dann trennten sich ihre Wege.

XI

Als Vigdis nach Hause kam, waren alle schon zu Bett gegangen. Sie ging gleich in ihre Kammer, und Æsa brachte ihr Milch und Brot. Während Vigdis aß und trank, fragte Æsa, wie es Astrid gehe.

»Du musst morgen nach ihr sehen«, sagte Vigdis, und nach einer Weile fügte sie hinzu: »Ich habe es heute Abend nicht so weit geschafft.«

»Hast du dich denn verirrt?«, fragte Æsa.

»Das nicht«, erwiderte Vigdis und verstummte für eine Weile. Schließlich sagte sie: »Ich habe Ljot oben im Wald getroffen und mit ihm gesprochen.«

Eine Frau kam ins Haus, um allerlei Töpfe und Bottiche auszuwaschen – sie hieß Torbjørg und war mit einem von Gunnars Pächtern verheiratet, sie sagte:

»Etwas Übleres ist mir noch nicht zu Ohren gekommen, treibt sich dieser Ljot hier beim Hof herum – dann führt er sicher Böses im Schilde.«

»Ach, so schlimm kann es doch nicht sein«, sagte Vigdis und lachte.

»Du, Vigdis, solltest dich vor ihm hüten«, sagte die Frau und kam zur Bank, »sonst behauptet er sicher bald, dass er auch dich verführt hat.«

Æsa hieß sie schweigen – »aber sprich nicht mehr mit Viga-Ljot, man weiß doch nie, was dabei herauskommt.«

»Das Mädchen ist doch kein Kind mehr, sie ist schließlich schon achtzehn«, sagte Torbjørg. »Da ist es besser, sie erfährt es, damit sie sich in Acht nehmen kann. Es wäre schlimm, wenn die Leute dumm genug wären, es zu glauben – er ist hier durch die Gegend gezogen und hat Lieder gemacht, die alle von Vigdis handeln. Ljot hat das Gerücht in die Welt gesetzt, Kåre habe sie in Schande gebracht – aber allen ist doch klar, dass er es macht wie die kleinen Kinder – sie reden schlecht über das, was sie nicht haben können.«

»Das hat Ljot nicht gesagt«, meinte Æsa. »Dieses Gerede stammt von den Arnessöhnen, die setzen solche Gerüchte in die Welt.« Vigdis saß auf der Bank und wurde rot und bleich, während die beiden anderen redeten. »Nie im Leben glaube ich, dass Ljot auch nur ein Wort über mich verbreitet hat«, erklärte sie.

Nun sang Torbjørg:

Lustig spielte ich
mit lichten Haaren
als ich bei der Schönen
auf der Bank saß.

Wir zwei allein –
still war die Stube –
ich werde diesen Abend
niemals vergessen.

»Aber Eyolv Arnessohn ist doch kein Dichter, oder?«, fragte Torbjørg. Als Vigdis schwieg, sang sie weiter:

Große Vögel
Saßen still im Wald
Spät war es, zur Neige
der Sommer ging.

Rote Beeren bot sie
Mir aus ihrer Hand.
Dies Spiel war besser
als Vögel zu stellen.

»Ich will heute Abend kein Lied mehr hören«, sagte Vigdis unwillig und ging zu Bett. Æsa teilte das Bett mit ihr, sie merkte schon, dass Vigdis in dieser Nacht kaum schlief.

Am nächsten Tag ging Vigdis zu Gunnar und setzte sich zu ihm. Sie fragte:

»Welche Antwort würdest du Ljot Gissurssohn geben, Veterlides Verwandtem, wenn er herkäme und sich mit deiner Tochter vermählen wollte?«

»Erst soll er herkommen«, antwortete Gunnar, »dann werde ich ihm eine Antwort geben, die er so schnell nicht vergisst. Aber das traut er sich jetzt sicher nicht mehr.«

»Die Sache zwischen ihm und Kåre ist doch beigelegt«, sagte Vigdis.

»Veterlide hat sich mit Kåre geeinigt«, widersprach Gunnar. »Ljot aber nicht. Noch nie hat jemand meine Freundschaft schlechter entlohnt.«

»Er konnte doch nicht wissen, was zwischen Eyolf und uns vorgefallen ist«, sagte Vigdis.

»Ja, aber jetzt weiß er es bestimmt«, gab Gunnar zurück. »Und er weiß auch vieles von dem, was nicht vorgefallen ist. Kåre und ich haben uns vorgenommen, ihn auf Hestløkken aufzusuchen. Dann werde ich ihm die Zähne aus dem Mund reißen, und danach werden wir ja sehen, wozu er noch in der Lage ist.«

»Dazu wird es niemals kommen«, sagte Vigdis voller Angst. Aber Gunnar sagte:

»Du wirst nie wieder mit ihm sprechen, und seinen Namen will ich auch nie wieder von dir hören.«

Vigdis sagte nichts und ging hinaus.

XII

Nun saß sie den ganzen Tag in ihrer Kammer und war außer sich vor Angst und bösen Ahnungen, sie wusste auch nicht, ob sie sich mit Ljot treffen sollte oder nicht. Aber kurz vor Sonnenuntergang legte sie einen dunklen Umhang an und ging hinaus auf den Hofplatz.

In der Nacht würde es Frost geben, der Nebel lag weiß über dem Fjord, die Sonne stand im Süden über den Gipfeln, und ihr Licht war scharf. Auf dem Hofplatz war sonst niemand; Vigdis blieb für eine Weile stehen und überlegte, aber dann verließ sie den Hof mit schnellen Schritten und ging nordwärts auf den Wald zu, niemand sah, dass sie ging.

Als sie die Opferstätte erreichte, war Ljot bereits dort. Er war für die Reise angekleidet, hatte Umhang und Waffen jedoch beiseitegelegt und sein Pferd an einen Baum gebunden. Er lief Vigdis entgegen und schirmte die Stirn mit der Hand ab, er sagte:

»Die Sonne gönnt mir wohl nicht, deine Schönheit zu sehen – sei willkommen, Vigdis.«

Er legte ihr die Hände auf die Hüften und drehte sie vom Licht weg, nun riss sie sich von ihm los, verschränkte die Arme hinter dem Rücken und sagte:

»Ich bin hergekommen, aber ich muss dir einige seltsame Fragen stellen – nun sag mir, ob es stimmt, dass im Dorf über Kåre und mich geredet wird?«

Ljot antwortete – und errötete dabei heftig:

»Danach habe ich dich gestern gefragt – ob es stimmt, dass du ihm versprochen bist.«

»Ich wünschte jetzt wirklich, ich wäre nicht gekommen«, sagte Vigdis. »Denn ich fürchte, die Wahrheit haben die gesagt, die ich für Lügner hielt.«

»Ich weiß nicht, was du meinst«, sagte Ljot.

Nun klagte Vigdis:

»Entweder hast du darüber geredet, was zwischen uns passiert ist – und ich hätte niemals gedacht, dass du es irgendeiner Menschenseele gegenüber erwähnen würdest –, oder du hast diese Lieder gemacht, die in der Gegend verbreitet werden.«

Ljot schwieg. Vigdis drehte sich um und wollte ihn stehen lassen. Er lief hinter ihr her und sagte:

»Ich wünschte wirklich, diese Lieder wären niemals gedichtet worden. Aber du weißt doch nicht, wie sehr ich in all der Zeit gelitten habe, als ich glaubte, dich verloren zu haben. Und dann sagt mancher Mann Dinge, die er später bereut.«

»Ja, jetzt bereue ich fast alles, was ich jemals zu dir gesagt habe«, entgegnete Vigdis.

»Sag so etwas nicht«, bat Ljot. »Du wirst von jetzt an keinen Grund mehr haben, dich über mich zu beklagen.«

»Das weiß ich«, erwiderte Vigdis, »denn das ist das letzte Mal, dass wir beide miteinander reden.«

Ljot packte sie, sie stemmte die Hände gegen seine Brust, aber nun fasste er ihre beiden Handgelenke und sagte:

»So schlimm kann es doch nicht sein, dass ich ein Lied oder zwei gemacht habe – wenn du mich deshalb verlassen willst, kannst du mich ja wohl kaum geliebt haben.«

»Du hast mich ja wohl auch nicht übermäßig geliebt«, sagte Vigdis voller Zorn. »Kaum wurde schlecht über mich gesprochen, schon hast du es geglaubt und weitergetragen.«

»Ich habe nichts weitergetragen«, widersprach er, »und ich habe es auch nicht geglaubt.«

»Es kann trotzdem wahr sein«, sagte sie und wollte sich von ihm losreißen.

»Sag das nicht«, rief Ljot und küsste sie. »Jetzt hast du wohl das Versprechen vergessen, das du mir gabst, als du gestern auf meinem Schoß gesessen hast.«

Da biss sie ihn in den Hals und konnte deshalb für einen Moment ihr Gesicht von seinem lösen.

»Jetzt habe ich mir die Sache anders überlegt«, sagte sie.

»Nie im Leben wird Kåre seinen Willen bekommen«, sagte Ljot mit zusammengebissenen Zähnen. »Ich will nicht mehr leben, wenn ich dich verliere.« Und er hob sie hoch, obwohl sie sich wehrte. Er trug sie in den Wald, und dort setzte er seinen Willen durch, obwohl sie sich lange widersetzte. Danach sagte Vigdis kein Wort, sie weinte auch nicht, als Ljot ihre Wange und ihre Hand berührte. Die Hand war eisig.

Ljot stand auf, nahm seinen Umhang und deckte sie zu; er küsste sie. Es war jetzt so kalt, dass ihm der Atem weiß vor dem Mund stand, die Sonne war untergegangen, der Himmel aber war im Süden hinter dem Wald rot wie Blut.

»Nun wird es Zeit, dass wir hier wegkommen«, sagte Ljot und wollte sie hochheben. »Wir kommen heute Nacht nicht weiter als bis zum Storvann, aber dort werden wir wohl einen Unterschlupf finden.«

Doch Vigdis sagte:

»Es wäre viel zu gut für dich, du Nichtswürdiger, wenn mein Vater dich verfolgte und niedermachte.«

Sie stand auf und lief davon; Ljot kam hinter ihr her und sagte:

»Es wäre aber besser für uns beide, wenn du mit mir gingest – ich weiß, dass ich gegen deinen Willen vorgegangen bin, aber es wäre noch viel schlimmer, wenn wir nicht zusammenkommen könnten.«

Vigdis drehte sich nicht einmal um, und Ljot fand es furchtbar, dass sie nichts sagte und nicht weinte. Er folgte ihr bis nach Vadin.

Als sie den Zaun erreicht hatten, bückte sich Vigdis, sie hob einen Stein auf und warf damit nach Ljot.

»Jetzt mach, dass du fortkommst, du Hund«, sagte sie.

Der Stein traf ihn am Mund, nicht hart, aber seine Lippe blutete. Er sagte:

»Ich werde noch einmal um dich werben, meine Gespielin, aber jetzt lasse ich dir Bedenkzeit – zu Mittsommer werde ich dich wieder fragen, ob du mich heiraten willst.«

»Dann wirst du sehen, Viga-Ljot«, erwiderte Vigdis, »dass mein Wille ebenso hart ist wie deiner.«

Danach ging sie ins Haus. Sie lief sofort in ihre Kammer und legte sich zu Bett; Æsa merkte wohl, dass sie nur wenig und unruhig schlief, aber Vigdis erzählte nicht, was ihr zugestoßen war.

Ljot ging zurück zur Opferstätte, band sein Pferd los und ritt davon. Er ritt die ganze Nacht durch, bis er nach Hakedal kam; von dort ritt er weiter nach Romerike und dann auf direktem Weg nach Trondheim, ohne auf die Herbststürme zu achten, die in diesen Tagen einsetzten; er hatte viel zu leiden, als er das Gebirge durchquerte, und seine Pflegebrüder, die Torbjørnssöhne, hielten es für ein Wunder, dass er lebend davongekommen war.

XIII

Vigdis war zu Hause auf Vadin, und sie war so traurig, dass nichts ihr eine Freude machen konnte, sie mochte kaum essen oder trinken, sich anziehen oder die Haare kämmen; was Viga-Ljot ihr angetan hatte, ging ihr nicht aus dem Kopf. Täglich graute es ihr vor dem Schlafengehen in Gesellschaft dieser Gedanken – aber wenn es auf den Morgen zuging, fürchtete sie sich davor, aufstehen und den ganzen Tag arbeiten und mit den anderen sprechen zu müssen. Sie dachte: »Jetzt bin ich wie ein Vogel, der mit seinen gebrochenen Schwingen schlägt; er kann nicht von der Stelle fortkommen, an der er gestürzt ist, und er kann nur so weit sehen, wie das Blut fließt. Wenn ich daran denken möchte, was früher war, sehe ich immer nur, was jetzt ist. Die Zeit, in der ich fröhlich und sorglos hier lebte, scheint mir eine Vorbereitung auf das gewesen zu sein, was hier einmal mit mir passieren würde.« Oft dachte sie, es wäre das Beste, sie ginge ins Wasser. Der Winter war inzwischen weit fortgeschritten, und sie begriff, dass sie ein Kind erwartete.

Eines Nachts lag sie wach, während Æsa und die anderen Frauen schliefen, sie stand auf, hüllte sich in einen Umhang und ging hinaus auf den Hofplatz, dann folgte sie dem Weg hinunter zum Fluss.

Vigdis war nachts noch nie allein unterwegs gewesen, und es war unheimlicher, als sie gedacht hatte. Zur Zeit der Tagundnachtgleiche regnete und stürmte es, und es war so finster, dass sie Erde und Himmel nicht unterscheiden konnte, aber ab und zu lockerte sich die Wolkendecke ein wenig, und ein Stern lugte hervor. Sie war noch nicht lange unterwegs, als ihr aufging, dass sie vom Weg abgekommen war und auf der Wiese stand, aber sie konnte nicht sehen, wohin sie den Fuß setzte, manchmal stapfte sie durch regenweiche Schneewehen, manchmal trat sie tief in ein Loch, aber zumeist ging sie über blanken Frostboden, denn der Schnee war hier am Abhang zum Frysja weggespült worden: Bald wusste sie nicht mehr, wo sie war, wo der Fluss war und wo der Hof war. Vadin lag gleich am Wasser, aber in der Dunkelheit wirkte es endlos weit weg. Am Ende glitt sie auf dem Eis aus, rutschte ein Stück abwärts und stieß gegen etwas, um das sie die Arme schlang, es musste eine Tanne gewesen sein, denn die Zweige zerkratzten ihr das Gesicht. Doch als sie abwärtsgerutscht war, hatte sie gespürt, dass sich das ungeborene Kind in ihr bewegte.

Vigdis kauerte sich unter die Tanne; sie war so nass und kalt, als hätte sie im See gelegen. Sie kroch dichter an den Stamm heran, um ein wenig Schutz vor dem Regen zu finden; aber der Wind heulte und lärmte in den Baumwipfeln in ihrer Nähe, es gab so viele schreckliche Geräusche, und es war sehr dunkel, daher wusste sie nicht, was um sie herum schrie und sich bewegte.

Sie blieb liegen, bis es ein wenig heller wurde, und sah, dass unter ihr ein steiler Hang zum Fluss führte, auf dem pechschwarzen Wasser trieben Eisschollen. Sie hatte jetzt ihren Mut verloren und ging zum Hof zurück, es war nicht weit, jetzt, da der Tag heraufzog. Sie zog sich aus, legte sich ins Bett und fühlte sich so elend, dass sie dachte, sie habe sich auf dieser nächtlichen Wanderung sicher eine tödliche Krankheit zugezogen und es sei auch besser so.

Am Morgen fragte Æsa:

»Wieso sind deine Kleider so nass, Pflegetochter?«

Vigdis antwortete, sie sei nachts in den Stall gegangen – in diesem Jahr wurde das Vieh von Krankheiten heimgesucht – »und es war so dunkel, dass ich fast nicht zum Haus zurückgefunden hätte.«

Æsa stellte keine weiteren Fragen, sie meinte nur, Vigdis hätte mit ihr sprechen sollen.

Einmal sagte Æsa, Vigdis müsse krank sein, denn sie wurde immer bleicher und verhärmter. Und sie bat die junge Frau, die gekrümmt auf der Bank saß, sich ihrer Pflegemutter anzuvertrauen. Doch Vigdis sagte, sie solle sich keine Sorgen machen.

Gunnar kränkelte in diesem Winter, deshalb kamen nur wenige Gäste auf den Hof, und nach einiger Zeit entschied Æsa, dass es auf Vadin außer ihr und Vigdis keine weiteren Frauen geben sollte. Vigdis nähte sich ein Schnürmieder, das sie unter ihrem Kleid trug, und sie hielt sich meistens im Haus auf, sodass niemand merkte, wie es um sie stand, außer Æsa, die nicht wagte, etwas zu sagen.

XIV

Als der Frühling kam, sagte Vigdis, in diesem Sommer wolle sie Æsa auf die Alm begleiten. Und so kam es dann auch, obwohl Gunnar wenig davon hielt; Æsa redete so lange auf ihn ein, bis er nachgab. Sie zogen in aller Frühe los, Gunnar gab ihnen einen Mann namens Skofte mit. Er war der Sohn von Æsa und ein Freigelassener von Gunnar. Skofte sollte die Pferde hüten und die Herde vor Raubtieren beschützen.

Eines Tages gegen Abend stand Æsa in der Stalltür und nahm die Kühe in Empfang: Vigdis kam zutiefst verängstigt auf sie zu und sagte:

»Jetzt ist Gunnar unten am Hang – ich weiß nicht, was werden soll – bestimmt bringt er mich um, wenn er mich so sieht.«

»Leg dich zu Bett«, antwortete Æsa, »Dann sage ich ihm, dass du krank bist. Er bleibt sicher nicht lange.«

Vigdis folgte diesem Rat und verbrachte die beiden Tage, an denen Gunnar da war, im Bett. Er sagte, es sei kein Wunder, dass sie krank geworden sei oder dass sie so wenig Milch hätten, so früh, wie sie auf die Alm gezogen waren – da es nachts noch fror und der Wald wenig Schutz bot.

Æsa wollte gern mit Vigdis sprechen und ihr Ratschläge geben, deshalb sagte sie eines Tages, als die andere Melkeimer ausscheuerte:

»Lass mich das tun, du darfst dich jetzt nicht anstrengen.«

Daraufhin schleuderte Vigdis den Eimer zu Boden, und ihre Augen waren so wild, dass ihre Pflegemutter sich vor ihr fürchtete, Vigdis schrie:

»Sag so etwas nie wieder zu mir, sonst weiß ich nicht, was ich dir antue!«

Danach wagte Æsa nie mehr, die Sache Vigdis gegenüber zu erwähnen. Und es wurde Sommer.

Eines Nachts stand Vigdis auf und verließ die Almhütte. Es war schon nach Mittsommer, es war still und dunkel. Sie ging ein Stück weit die Wiese hoch; als sie den Zaun erreichte, hatte sie keine Kraft mehr, sie musste sich hinlegen und eine Weile warten. Am Waldrand stand ein hellbraunes Pferd, es war nicht bei der Herde, sondern blieb in der Nähe der Häuser, es wollte immer wieder schmusen, vor allem mit Vigdis. Nun kam es her und schnupperte an ihr, es stand über ihr, während sie dort lag. Als die Wehen ein wenig nachließen, erhob sie sich mühsam und ging weiter über die Weide; das Pferd war die ganze Zeit bei ihr. Immer wenn eine Wehe kam, legte sie ihm die Arme um den Hals und hielt sich an ihm fest, und dann bewegte es den Kopf, berührte ihre Schulter und ihren Rücken und blieb ganz still stehen.

Am Ende kam sie zu einem großen, dunklen See. Hoch am Himmel gab es einen blauen Fleck zwischen den Wolken, der sich im See spiegelte; alles andere war schwarz und schrecklich. Einmal schrie sie laut, doch der Widerhall vom Felsvorsprung auf dem jenseitigen Ufer klang so furchtbar, dass sie es mit der Angst zu tun bekam, und sie stopfte sich einen Zipfel ihres Umhangs in den Mund; sie zerbiss den Zipfel in winzige Fetzen, doch nun hatte sie den Mund voller Wollfäden und glaubte, daran zu ersticken. Sie vernahm das Plätschern eines Bachs in der

Nähe; als sie das nächste Mal die Augen öffnete, sah sie, dass es hell wurde, und auf dem See waren kleine schwarze Wellen, aber sie konnte nicht bis zum Ufer kriechen, und nun wurde die Nacht für sie unerträglich lang.

Die Sonne ging auf und stach ihr in die Augen. Einige Zeit später kam das Kind; und Vigdis lag lange benommen da; die Sonne wärmte sie, und sie hörte das Kind schreien. Es war ein Junge. Sie brachte es nicht über sich, ihn zu berühren, und nahm ein Tuch, das sie um Kopf und Schultern getragen hatte; es war weiß-grün gestreift, nass von Schweiß und Tau, und es war blutig. Sie faltete dieses Tuch zusammen, wickelte das Kind hinein, schob es zwischen zwei Steine und bedeckte es mit Moos und Zweigen. Dann schleppte sie sich zum Bach hinunter und trank.

Eine glatte Felsplatte führte zum Ufer hinab, die Sonne hatte sie gewärmt, und Vigdis lehnte sich mit dem Rücken dagegen und ruhte eine Weile. Dann stand sie auf und schleppte sich zur Alm zurück.

Dort traf sie Æsa an, die schon Angst bekommen hatte. Skofte hatte sich auf die Suche nach ihr gemacht. Vigdis ging in die Almhütte und legte sich ins Bett; sie bekam Fieber und war einige Tage sehr krank. Æsa pflegte sie und rieb ihr die Brüste mit warmer Butter ein, keine von ihnen erwähnte, was geschehen war.

Vigdis wollte danach nie wieder in den Wald gehen, sie blieb die ganze Zeit in der Nähe der Hütte. Æsa hatte nicht den Eindruck, dass Vigdis weniger verzweifelt war als zuvor.

XV

Später im Sommer wurde es sehr heiß: Nun kamen die Kühe abends nicht nach Hause, sondern schliefen im Wald; Æsa und Skofte mussten weite Wege über Hügel und durch Moore auf sich nehmen, um sie zu holen.

Vigdis war nicht gern allein auf der Alm, sie hatte Angst vor dem Wald und großes Heimweh. Meistens saß sie auf der Türschwelle und blickte hinab ins Tal. Die Alm war hoch gelegen, auf allen Seiten gab es Hügel und Wälder, aber Vigdis konnte doch im Süden einige Gehöfte und den Fjord sehen. So saß sie eines Abends in Gedanken versunken da; doch nun wurde der Hund, der mit dem Kopf in ihrem Schoß gelegen hatte, unruhig; er sprang auf und jagte bellend den Hang hinab, und nun sah Vigdis einen Mann, der vom Pferd stieg und es an den Zaun band. Sie hatte Angst und richtete sich auf; schon wollte sie in den Wald laufen und sich dort verstecken, aber nun drehte sich der Mann um, und sie erkannte Ljot. Er rief ihren Namen und bat sie, sich nicht zu fürchten.

Vigdis blieb in der Tür stehen und antwortete: »Ich weiß sehr wohl, dass ich mich vor dir nicht zu fürchten brauche.«

Ljot blieb stehen und sah sie eine Weile lag an, dann fragte er langsam:

»Wie meinst du das?«

Vigdis stieß ein hässliches Lachen aus, gab aber keine Antwort.

Ljot lehnte sich gegen den Türrahmen, er schaute zu Boden und scharrte mit seiner Speerspitze in der Erde, während er zu ihr sagte:

»Ich werde jetzt nach Hause fahren. In Tunsberg liegen Schiffe, die meinen Verwandten gehören. Ich weiß, dass es viel verlangt ist, worum ich dich jetzt bitte – dass du mir alles verzeihst, was ich dir angetan habe. Aber wenn du mit mir kommen willst, wirst du mehr Ehre und größere Liebe erfahren als jemals eine Frau vor dir.«

Wieder lachte Vigdis, dann entgegnete sie:

»Was du versprichst, ist nicht viel wert, Ljot. Mit schöner Rede hast du mich einmal zu dir gelockt, und dann hast du mir furchtbare Schande und unerträglichen Kummer gemacht – keiner Frau ist jemals Schlimmeres angetan worden. Sicher wird die, die deine Frau wird, auf große Ehre zählen können – es macht viel her, sich bei Leuten einzuschmeicheln, Pferde zu töten, Jungfrauen zu schänden und Lügen und Spottlieder zu verbreiten. Und du siehst auch nicht aus, als ob du andere Heldentaten vollbringen könntest, du bleichgewordener Frauenschreck.«

Ljot wandte seinen Blick ab und antwortete:

»Du hast zwar jeden Grund, das zu mir zu sagen. Aber ich habe doch auch andere und bessere Taten vollbracht – und es hat eine Zeit gegeben, da hast du gern davon gehört. Da fandest du mich zum Küssen nicht zu hässlich. Aber seit wir zuletzt miteinander gesprochen haben, war ich kaum froh. Oft habe ich mich nach einem Wiedersehen mit dir gesehnt.«

»Vielleicht hast du dir vorgestellt«, fragte Vigdis, »dass ich es gar nicht erwarten könnte, dich wiederzusehen?«

Nun schaute Ljot ihr ins Gesicht und sagte: »Ja.«

Danach schwiegen sie beide für lange Zeit. Schließlich machte er noch einen Versuch:

»Nun sag mir, Vigdis, habe ich hier in der Gegend ein Kind oder nicht?«

Vigdis lachte und erwiderte:

»Das ist durchaus möglich – aber ich weiß nichts darüber. Ich habe mich nicht nach deinen Kindern erkundigt.«

Ljot wurde blutrot und verstummte. Vigdis sagte:

»Mach du nur Lieder über deine Manneskraft und brüste dich damit, was du für ein kühner Kerl bist, wenn du mit einer Frau allein sein kannst. Aber erwarte nicht, dass die Menschen hier in der Gegend dir glauben werden – hier gilt das Gerede eines eifersüchtigen Bewerbers nicht viel.«

Ljot blieb stehen, er wusste nicht, was er noch zu ihr sagen sollte, und er fühlte sich zutiefst getroffen; jetzt wusste er, dass sie sich die Sache nicht anders überlegen und zu keiner Versöhnung bereit sein würde. Und es tat ihm weh, sie zu verlieren. Ihm fiel ihr Godinnenmesser ein; er zog es unter seinem Kittel hervor und reichte es ihr:

»Erinnerst du dich, dass du dieses Messer verloren hast, als wir im letzten Jahr zum ersten Mal zusammen an der Opferstätte waren?«

Vigdis nahm das Messer, und dann beugte sie sich vor und zielte auf seinen Hals. Sie traf ihn oben am Schlüsselbein, der Stoß zerfetzte seinen Kittel und ritzte die Haut auf, sodass Blut herausquoll. Ljot packte sie und zog sie an sich. Er sagte:

»Jetzt, Vigdis, könnte ich dich mitnehmen – aber ich will dich doch zu nichts zwingen. Komm mit mir – was auch immer du mir antust, werde ich mit Gutem vergelten.«

Vigdis antwortete in seinen Armen:

»Lebend bringst du mich nicht über das Meer.«

Er küsste sie und sagte:

»Dann wünsche ich dir für dein Leben viel Freude – aber ich werde meinen Kummer nie vergessen.«

Vigdis antwortete:

»Mögest du den schlimmsten Tod erleiden – und lange und elend leben, du und alle, die dir wichtig sind. Und mögest du deine Kinder vor deinen Augen den schrecklichsten Tod sterben sehen.«

Ljot ließ sie los und lief die Wiese hinab. Er band sein Pferd los. Aber danach drehte er sich um, stand noch eine Weile da und schaute zur Alm hinauf. Dann führte er das Pferd in den Wald und ritt davon. Und lange Zeit verging, und viele Dinge geschahen, ehe er Vigdis wiedersah.

XVI

Als es Herbst geworden war, verließen sie die Alm und kehrten nach Hause zurück. Vigdis ging es auch im Winter nicht besonders gut. Und es machte ihr große Sorgen, dass Kåre von Grefsin und seine Verwandten nun mit Gunnar sprachen und sie mit Kåre vermählen wollten. Vigdis bat, damit noch eine Weile zu warten, sie wolle nur ungern so jung heiraten. Gunnar versprach Kåre schließlich eine Antwort für den Herbst, doch Vigdis war klar, dass ihr Vater sich diese Verbindung wünschte.

Vigdis sagte, sie wolle in diesem Sommer nicht auf die Alm. Eines Abends im Frühjahr ging sie über die Wiesen, es war sonniges, schönes Wetter, gerade zu der Zeit, in der die Birken ausschlagen und die Vögel singen; Laub und Gras dufteten, und Vigdis wollte versuchen, ihren Kummer zu vergessen.

Im Süden des Hofes hauste eine Frau in einer kleinen Kate, sie war mit einem von Gunnars Pächtern verheiratet. Sie saß auf der Türschwelle und spann mit einer Handspindel, als Vigdis vorüberkam, sie blieb stehen und redete mit ihr. In der Kate weinte ein Kind. Vigdis sagte:

»Dieses Kind weint, als ob es einen tiefen Kummer hat – so klein kann es also nicht sein. Mir ist nämlich aufgefallen, dass neugeborene Kinder so hässlich schreien, es klingt eher wie eine Katze oder eine Eule, aber nicht wie ein Mensch.«

Die Frau ging ins Haus und nahm das Kind auf den Arm; es war ein Mädchen von mindestens zwei Jahren. Die Kleine beruhigte sich, sowie sie bei der Mutter war; nach einer Weile kroch sie von deren Schoß, tollte umher und riss Blumen ab. Sie war noch so klein, dass sie vorn auf ihren Kittel trat, als sie sich bückte, und fiel ins Gras. Vigdis sprang auf, und nun gab das Kind ihr die Blumen aus seiner Hand, aber es hatte nur die Blüten abgerissen, deshalb fiel Vigdis alles sofort aus der Hand. Da sagte die Mutter:

»Diese Blume wird Stiefmütterchen genannt, pflück eine, Vigdis, und gib sie mir, dann sage ich dir dein Schicksal voraus.«

Das tat Vigdis, und die Frau sprach:

»Diese Blume hat zuerst zwei dunkle Blätter und dann zwei helle, aber das unterste Blatt, das ich sehe, ist in der Mitte hell und am Rand dunkel. Das bedeutet, dass du zuerst großen Kummer erleben wirst, dann sehr viel Freude. Schlimm ist das mit dem dunklen Rand am letzten Blatt, das verheißt nichts Gutes für dein Alter.«

Vigdis erwiderte:

»Das ist eine schlechte Weissagung, finde ich, und ich habe dich auch nicht darum gebeten. Aber ich werde dich trotzdem belohnen.« Damit nahm sie einen kleinen Silberschmuck von ihrer Brust, reichte ihn der Frau und ging.

Auf der Wiese lagen einige Felsbrocken, dazwischen wuchsen Ebereschen und Hagebutten, und unterhalb, wo das Gras endete, standen viele Stiefmütterchen. Als Vigdis dort ankam, setzte sie sich, verschlang die Hände vor den Knien und schaute hinab auf den Fjord, der blank und schön im Süden lag, während die Sonne hinter den Hügeln unterging. So blieb sie lange sitzen – und viel Gutes gab es nicht, an das sie denken konnte, ob sie nun an

Ljot dachte oder daran, was sie oben im Wald versteckt hatte. Sie hatte sich oft gefragt, ob es noch dort lag oder von wilden Tieren gefressen worden sei. Sie wusste noch, dass dort, wo sie in jener Nacht gelegen hatte, viele Ameisen und anderes Ungeziefer herumgekrochen waren, und obwohl sie diesem Kind, das sie geboren hatte, wirklich keine Liebe entgegenbrachte, war es für sie doch eine furchtbare Vorstellung, dass die Ameisen sich darüber hergemacht hatten, als es noch nicht tot war.

Sie stand auf, und als die Dämmerung einsetzte, ging sie sehr schnell, ja lief fast nach Hause. Als sie den Hof fast erreicht hatte, traf sie Æsa, die sagte:

»Jetzt hast du mir einen gewaltigen Schrecken eingejagt, Pflegetochter, ich wusste nicht, was ich glauben sollte, als du nicht nach Hause kamst, wo du doch solche Angst vor der Dunkelheit hast.«

Vigdis antwortete: »Ich habe inzwischen sowohl Angst vor der Dunkelheit, Angst vor dem Wald als auch Angst in meiner Kammer zu Hause. Mein Leben ist ein Elend, und es wäre besser für mich, ihm ein Ende zu setzen.«

»Sag so etwas Schlimmes nicht«, bat Æsa, »es kann noch alles gut werden. Du bist jung genug, um deinen Kummer zu vergessen – und niemand weiß davon. Alle halten dich für eine makellose Jungfrau. Kåre liebt dich, und bei ihm wirst du in reiche und ehrenhafte Verhältnisse kommen.«

»Aber gerade das scheint mir das Schlimmste von allem zu sein«, gab Vigdis zurück. »Ich glaube fast, es wäre besser, wenn meine Schande für alle sichtbar wäre – auch wenn mein Vater mich dann vom Hof jagte. Das Schlimmste ist, dass ich fröhlich sein muss, um so zu sein wie früher, während mir gleichzeitig das Elend vor Augen steht, in das ich geraten bin. Und es hilft nicht, dass die Leute hier in der Gegend mich für eine unbescholtene

Jungfrau halten, die sich nichts vorzuwerfen hat, denn wir sind drei, die etwas anderes wissen. Insgeheim ist mein Leib davon gezeichnet – ich weiß nicht, wie ich mich retten soll, jetzt, da Kåre auf Freiersfüßen geht.«

Sie saßen abends allein in der Kammer, Æsa und Vigdis, und Vigdis fragte:

»Hättest du nicht manchmal Lust, nach Süden an die Küste zu reisen und deine Verwandten zu besuchen, Pflegemutter – du hast doch oft gesagt, dass sie nicht weniger vornehm sind als unsere Sippe hier oben?

Æsa antwortete:

»Ich weiß nicht, ob meine Verwandten leben oder tot sind, und ich kann sie jetzt nicht mehr aufsuchen oder meine Lebensumstände ändern. Aber warum fragst du?«

Vigdis schwieg lange, dann sagte sie:

»Früher ging ich zu dir, wenn ich Kummer hatte, und setzte mich auf deinen Schoß. Aber jetzt ist es so, dass ich vor dir, Æsa, mehr verberge als vor irgendeinem anderen Menschen.«

Æsa gab keine Antwort, und Vigdis redete weiter: »Jetzt bereue ich, dass ich dieses Kind ausgesetzt habe, denn jede Nacht weckt es mich und schreit so schrecklich. Aber mir sollte das Elend das Gemüt so verhärten, wie ich es eben haben will.«

»Wie ist das zu verstehen?«, fragte Æsa.

»Es wäre die beste Rache«, erwiderte Vigdis, »wenn Ljots Sohn zu Ljots Verhängnis würde. Er würde dem Köter nicht entrinnen, den ich mit Hass und Schlägen aufgezogen hätte, bis er seine Zähne in Viga-Ljots Kehle schlagen könnte.«

Nun sagte Æsa sehr leise:

»Ich wünschte wirklich, ich wüsste, ob dir das ernst ist.«

»Das ist es«, antwortete Vigdis, und die Pflegemutter sagte:

»Dann kann ich dir erzählen, dass der Junge, den du im vorigen Sommer geboren hast, jetzt bei Skofte, meinem Sohn, lebt.«

Vigdis sprang von der Bank auf, auf der sie gesessen hatte; sie blieb eine Weile stehen, sprachlos und leichenblass. Aber danach warf sie sich über den Tisch und weinte bitterlich.

Æsa sagte:

»Niemand braucht das zu erfahren, und ich halte es für das Beste, die Sache weiterhin geheim zu halten, aber nun habe ich es gesagt, falls du also deinen Sohn sehen möchtest.«

Aber Vigdis rührte sich nicht, sie jammerte und sagte:

»Ich hatte gedacht, mein Leben könnte nicht unglücklicher werden. Aber jetzt kann ich es hier in der Gegend nicht mehr aushalten, wenn ich weiß, dass der Junge hier ist und mir unter die Augen kommen kann – schlimm war es, dass ich so elend und müde war und nicht die Kraft hatte, ihn in den See zu werfen. Ich glaube nicht, dass du mir die Wahrheit gesagt hast.«

Nun ging Æsa zu ihrer Truhe, zog ein Leintuch hervor und reichte es Vigdis. Die sah es an – es war das Tuch, in das sie sich in jener Nacht gehüllt hatte; sie sah die Blutflecken, und in den Falten hingen Grashalme und Moosbüschel. Sie warf es auf den Boden, weinte und sagte:

»Jetzt muss mein Vater alles erfahren – ich könnte nicht damit leben, Skofte oder sonst jemanden bitten zu müssen, mit mir ein Geheimnis zu teilen. Ich hätte nie gedacht, dass du mich so grausam im Stich lassen würdest.«

Æsa erwiderte:

»Als ich damals morgens erwachte und du nicht im Bett warst, bekam ich es mit der Angst zu tun und schickte Skofte los, um dich zu suchen. Dabei entdeckte er den Jungen und brachte ihn mit; wir fanden dieses Kind so schön, und Skofte bat darum, es in Pflege nehmen zu dürfen Aber ich habe es dir heute Abend erzählt, weil ich dachte, es könnte dir vielleicht doch ein Trost sein zu wissen, dass du ein wunderschönes, lebendes Kind hast.«

»Ja, jetzt muss das Schicksal seinen Lauf nehmen«, sagte Vigdis. »Denn dieses Leben habe ich satt.«

Æsa erwiderte:

»Das darfst du nicht. Vornehme Geburt ist von keinem großen Nutzen. Den Nacken beugt die, die Schande zu tragen hat. Das habe ich am eigenen Leib erfahren, und ich werde dir jetzt etwas erzählen. Danach kannst du deine Entscheidung treffen.«

XVII

Nun berichtete Æsa:

»Mein Vater hieß Harald Goldbart, wir wohnten im Süden von Seeland, und ich habe dir oft von meiner Kindheit erzählt, wie fröhlich und schön das Leben für mich und meine Schwestern war. Sie waren erwachsen, Ingrid und Astrid, ich aber war dreizehn Jahre alt, als wir eines Abends mit unseren Mägden zum Baden zum Sund gingen. Doch nun kamen Schiffe angesegelt; es waren Wikinger von Öland. Sie kamen an Land und holten uns an Bord, keiner von uns gelang die Flucht. Die Schiffe gehörten drei Brüdern, sie nahmen uns Schwestern zu sich; sie sahen sofort, welche der Mädchen Häuptlingskinder waren. Arngrim hieß der Älteste, bei ihm verbrachte ich die erste Nacht, und er behielt mich für zwei Jahre bei sich. Die Brüder trennten sich bald; die anderen fuhren nach Hause, Arngrim dagegen war das ganze Jahr lang unterwegs; er war mutig und stark und ein schöner Mann, mir gegenüber aber hart, da ich ihm niemals Liebe zeigen mochte. Meine Schwestern habe ich nie wiedergesehen, und ich habe nicht erfahren, was mit ihnen passiert ist, denn Arngrim verweigerte mir die Antwort, wenn ich danach fragte.

Er zog durch die Lande und holte viele Siege ein. Mich hielt er in einem Raum unter Deck. Weil er fürchtete, ich würde fliehen, nahm er mir die Kleider weg, dagegen gab er mir kostbare Felle, Decken und Schmuckstücke. An Bord war ein junger Däne namens Asbjørn; ich versuchte, ihn zur Flucht mit mir und dem Gold zu überreden, aber Arngrim erfuhr davon; er tötete Asbjørn und behandelte mich von nun an noch schlechter.

Einmal lagen wir vor den Hebriden. Norwegische Wikinger legten mit ihrem Schiff an unserem an, und dabei fiel Arngrim. Dein Vater Gunnar war der Häuptling dieser Wikinger. Als er mich aus dem Raum unter Deck führte, ging ich zu der Stelle, wo Arngrim tot an Deck lag; ich fiel auf die Knie und wusch meine Haare in seinem Blut, und ich dachte daran, wie Arngrim sich nachts meine Haare um den Hals gewunden hatte. Niemals hat mir ein Bad besser gefallen.

Nun fragte Gunnar nach meinem Namen und meiner Sippe, »denn«, sprach er, »du bist genauso schön, wie deine hohe Geburt es verspricht«. Wir redeten bis in die Nacht hinein miteinander. Gunnar versprach, mich nach Dänemark zurückzubringen; er gab mir die besten und vornehmsten Kleider, und er erwies mir so viel Freundlichkeit, dass ich begann, ihn zu lieben. Und er sagte, er wünschte, von seiner Gattin geschieden zu sein. Dann würde er bei meinen Verwandten um mich werben. Aber ich wollte lieber bei ihm sein, als nach Hause zu kommen, so blieb ich auf seinem Schiff, bis ich schwanger wurde; nun liebte er mich noch mehr, denn Alvsol war kinderlos.

Er brachte mich hierher nach Vadin, aber nun verkündete der Jarl den Heerbann, und Gunnar musste mich verlassen. Er befahl Alvsol, sich um mich zu kümmern und das Kind zu behandeln, als wäre es ihr eigenes. Danach trennten wir uns, und ich blieb in unendlicher Trauer und Sehnsucht zurück. Alvsol und ihre Pflegemutter waren bei mir, als ich einen Jungen auf die Welt brachte; sofort nahmen sie das Kind und ließen es fortschaffen, und sie zwangen alle auf dem Hof, Gunnar zu sagen, es sei tot geboren worden. Mir drohten sie den grausamsten Tod an, sollte ich mich bei ihm beklagen. Dann erfuhren wir, dass Gunnar schwer verletzt worden war und noch lange nicht werde heimkehren können. Nun ließ Alvsol mich in ein Haus bringen, wo ihre Leibeigenen wohnten. Einer hieß Svart; er beschützte mich vor den anderen, und er war auch sonst gut zu mir, aber er nahm mich zur Frau; Alvsol ließ ihm eine Hütte hier im Wald bauen, wo jetzt Skofte wohnt, und sie teilte allen mit, ich sei jetzt die Frau des Leibeigenen.

Als Gunnar nach Hause kam, sagte sie ihm, ich sei zu Svart gegangen, und Gunnar wurde so wütend, dass er uns beide umbringen wollte. Aber ich erzählte ihm alles, über den Jungen, den Alvsol hatte aussetzen lassen, und das andere. Nun verjagte er Alvsol vom Hof und schlug mir vor, Svart zu verlassen und seinen Haushalt zu leiten. Aber ich riet ihm, sich lieber eine neue Gattin zu suchen. Deshalb heiratete er Herdis, deine Mutter, und sie war jünger und schöner, als ich es inzwischen war. Du weißt, sie starb kurz nach deiner Geburt, und da bat mich Gunnar, dich großzuziehen, wozu ich mich bereit erklärte. Seither leite ich hier den Haushalt, wie du weißt, und Gunnar hat gut für meine Söhne gesorgt und sie freigelassen – er hat nur Gutes für mich getan, solange ich ihn kenne.«

XVIII

Vigdis sagte:

»Von allem, was ich nun gehört habe, wundert mich am meisten, dass du bei dem Leibeigenen geblieben bist, dem du ausgeliefert wurdest – ich hätte Gunnar gebeten, ihn von wilden Pferden zerreißen zu lassen.«

Æsa erwiderte:

»Es brachte Gunnar größere Ehre, eine reiche Frau aus einer wichtigen Sippe zu nehmen, als mich auf dem Hof zu behalten. Aber das Wichtigste war, dass ich Svarts Kind hatte – ich wollte nicht, dass mir ein zweites Mal ein Sohn genommen würde.«

»Du siehst das alles so ganz anders als ich, Pflegemutter«, meinte Vigdis. Nach einer Weile fügte sie hinzu: »An meiner Mutter hatte er auch keine große Freude – und sie wird noch geringer werden, wenn er hört, dass ich dieses Kind habe.«

»Lass den Jungen dort, wo er ist«, bat Æsa, »solange Gunnar lebt. Danach kannst du ihn zu dir nehmen und dich mit ihm trösten. Und was Kåre angeht, werden wir wohl eine Lösung finden.«

Vigdis legte die Hände in den Schoß und blickte ins Feuer. »Ich kann es einfach nicht mehr ertragen, in Angst und Trauer zu leben und nach einem Ausweg zu suchen«, sagte sie. »Lieber nehme ich das Schlimmste auf mich, es kann doch nicht ärger werden, als es ohnehin schon ist.«

Sie nahm das Tuch, ging zur Tür und rief einen Mann, der auf dem Hofplatz stand und Holz hackte.

»Bring dieses Tuch zu Skofte«, befahl sie ihm, »und sag ihm, er soll noch heute Nacht herkommen und mir das zurückgeben, was er zusammen mit diesem Tuch gefunden hat.«

Danach ging sie wieder ins Haus und setzte sich an die Feuerstätte. Æsa setzte sich ihr gegenüber. Sie schwiegen lange, dann sagte Æsa:

»Es wird lange dauern, bis Skofte hier ist. Es wäre besser, wenn wir uns schlafen legten.«

»Dann leg du dich schlafen«, erwiderte Vigdis.

Æsa schwieg und blieb sitzen. Nach einer Weile sagte Vigdis wieder:

»Geh jetzt zu Bett, Æsa.«

Die Pflegemutter hörte ihrer Stimme an, dass es nicht ratsam wäre, ihr noch mehr zu widersprechen, deshalb legte sie sich hin, schlief jedoch nicht. Vigdis blieb vor der Feuerstätte sitzen, sie bewegte sich nur dann, wenn das Feuer zu erlöschen drohte, dann legte sie Holzscheite nach und setzte sich wieder hin wie zuvor. Und so verging die Nacht, und endlich krähte der Hahn.

Einige Zeit danach wurde an die Tür geklopft.

»Geh aufmachen, Æsa«, befahl Vigdis.

Æsa gehorchte, und Skofte kam herein. Er trug den in ein Fell gewickelten Jungen auf dem Arm. Vigdis erhob sich, nahm einen Kienspan und zündete ihn an. Skofte legte das Fell weg und hob den Jungen ins Licht. Das Kind begann jetzt zu schreien, denn es war gerade aufgewacht.

Vigdis musterte den Jungen eine Zeitlang, rührte ihn jedoch nicht an. Er war klein und dünn für sein Alter, hatte dunkle Haare und helle blaue Augen. Er hatte große Ähnlichkeit mit Ljot.

Skofte setzte ihn auf den Boden, denn er wollte zeigen,

dass der Junge schon auf den Füßen stehen konnte, wenn er ihn festhielt – gehen konnte er jedoch noch nicht. Er weinte die ganze Zeit und klammerte sich an die Kleider des Pflegevaters.

Vigdis warf den Kienspan ins Feuer und setzte sich wieder wie zuvor. Skofte sagte, als der Junge nicht verstummen wollte:

»Er weint, weil er müde ist – sonst ist er immer fröhlich.«

»Dann leg ihn hin«, erwiderte Vigdis. »Sonst weckt er den ganzen Hof auf.«

Æsa nahm den Jungen auf den Arm und wollte ihn zum Bett tragen; nun sagte Vigdis:

»Da will ich ihn nicht haben – du musst ein anderes Lager für ihn finden. Und du, Skofte, kannst nach oben in die Stube gehen und dich hinlegen. Ich werde dich für das hier besser belohnen, als der Junge es wert ist.«

Æsa legte das Kind auf die Bank und legte sich dazu. Vigdis blieb weiter an der Feuerstätte sitzen.

XIX

Æsa Haraldstochter ging am Morgen zu Gunnar, der noch im Bett lag; sie schickte das Gesinde hinaus und setzte sich auf die Bettkante, sie sprachen lange miteinander. Danach stand Gunnar auf, zog sich an und ging zu Vigdis in deren Kammer.

Vigdis sprang auf, als ihr Vater eintrat, sehr bleich und in großer Angst. Aber Gunnar sagte nicht viel, und Æsa blieb die ganze Zeit dicht neben ihm. Er ging zur Bank, sah sich den Jungen an und sagte:

»Ihm ist anzusehen, wer sein Vater ist.«

Vigdis gab keine Antwort, und nun sprach Gunnar:

»Oft fand ich es hart, nur dieses eine Kind zu haben und keinen Sohn. Aber ich habe immer geglaubt, dir Liebe erwiesen zu haben, niemals Härte – ich dachte, ich würde dich vor meinem Tod glücklich und in Ehren sehen. Aber es wäre besser, ich wäre kinderlos geblieben, als dass du jetzt als ehrloses Frauenzimmer bezeichnet wirst und ich auf meine alten Tage sehen muss, dass deine Hurenkinder hier auf dem Hof aufwachsen.«

Vigdis erwiderte:

»So ist es, Vater, es wäre besser, wenn du keine Tochter hättest.«

Gunnar sagte nichts mehr, sondern ging.

XX

In der nun folgenden Zeit war es still auf Vadin; nur wenige Menschen waren auf dem Hof in Diensten, und in der Gegend war nur wenig von Gunnar und seinem Gesinde zu sehen. Gunnar nahm sich alles sehr zu Herzen und alterte deshalb rasch, wurde krumm und gebrechlich.

Der Junge war noch immer da. Æsa kümmerte sich um ihn und liebte ihn; Vigdis dagegen erwies ihm keinerlei Zuneigung, und auch einen Namen hatte sie ihm nicht gegeben. Sie war immer traurig und ging nicht aus, nie verließ sie den Hofplatz von Vadin.

Einmal waren Vigdis und Æsa im Küchenhaus und buken, der Junge lief aus und ein, er war inzwischen zwei Jahre alt. Æsa formte zwei kleine Brote und zeigte sie ihm, sie wollte die Brote für ihn backen. Er freute sich so sehr darüber, dass er sich nicht beherrschen konnte, er rannte um die beiden Frauen herum und fragte nach seinen Broten, und dabei stieß er den Mehlbottich um. Vigdis packte den Jungen, schüttelte und schlug ihn:

»Du richtest auch wirklich nur Unheil an.«

Das Kind schrie und weinte; Vigdis trug es zur Bank.

»Hier bleibst du sitzen«, sagte sie, »und bist still, ich will nicht, dass du aus einem so geringen Grund weinst.«

Sie ging zurück zum Teigtrog und machte sich wieder an die Arbeit. Nach einer Weile sagte sie zu Æsa:

»Dieser Junge wird mir nicht viel Freude machen, und

ich glaube kaum, dass er jemanden töten wird. Er kommt überhaupt nicht nach mir, und ich habe nicht geweint in der Nacht, als er entstanden ist – aber sein Vater war vielleicht kurz davor.«

»So darfst du nicht reden«, gab Æsa zurück.

Vigdis schwieg und machte sich abermals an ihre Arbeit. Der Junge konnte nicht aufhören zu weinen, aber er schlug die Hände vors Gesicht, und als seine Mutter ihn ansah, legte er sich auf die Bank und schob den Kopf unter einige Säcke, die dort lagen.

Nach einer Weile ging Æsa hinaus. Vigdis nahm die kleinen Brote vom Backeisen und ging damit zu dem Jungen.

»Sei jetzt still und iss«, sagte sie und legte ihm die Brote auf die Knie. Der Junge verstummte und sah die Mutter an, er berührte die Brote mit den Fingern, fand sie aber zu heiß, und er hatte auch Angst. Nun streichelte sie ihm einige Male die Haare. Doch danach befahl sie ihm, hinaus zu Æsa zu gehen.

XXI

Der Winter ging dahin, und es geschah nichts Berichtenswertes.

Die Tagundnachtgleiche war vorüber, und die Sonne gewann unten im Dorf weiter an Kraft, sodass es tagsüber von den Dächern taute. Im Wald wurde Holz gehackt, eines Tages ritt Gunnar los, um nach seinen Kätnern zu sehen, die im Westen des Waldes arbeiteten.

Gegen Mittag waren Æsa und Vigdis in der Stube und stellten Essen auf den Tisch, und Æsa schaute aus der Tür:

»Da kommt Gunnar schon nach Hause«, sagte sie, »aber er hängt so seltsam im Sattel, entweder ist er betrunken oder krank.« Vigdis nahm den Breikessel vom Feuer und verteilte Löffel, doch Æsa stieß einen lauten Schrei aus. Und nun kamen sie herein, Skofte und ein weiterer Mann, und führten Gunnar zwischen sich. Æsa lief neben ihnen her und rang die Hände. Vigdis sah, dass ihr Vater bleich im Gesicht war und dass sein weißer Bart ihm blutig über die Brust hing.

Vigdis ließ zu Boden fallen, was sie in den Händen gehalten hatte. Sie stürzte zu ihrem Vater und fragte, was geschehen sei.

Gunnar bedeutete den anderen, ihn zur Bank zu bringen, er blieb eine Weile sitzen und lehnte den Kopf an die Wand, dann sagte er:

»Ich habe mit Eyolv von Grimelundar gesprochen, und

das Gespräch verlief so, dass wir wohl nicht wieder miteinander reden werden.«

Vigdis fragte rasch:

»Ist Eyolv also tot, Vater?«

»Nein«, erwiderte Gunnar, »aber jetzt sehe ich wohl mein Ende.«

Æsa und Vigdis zogen Gunnar aus und sahen sich seine Verletzungen an; ihnen wurde klar, dass er die Wahrheit gesagt hatte. Vigdis sagte:

»Jetzt musst du aber berichten, Vater, wie das geschehen ist.«

Gunnar antwortete:

»Wir sind uns beim Holzschlag im Wald begegnet, Eyolv und ich, und er hat dich erwähnt, Vigdis. Du kannst dir wohl denken, dass ich dort nicht stillhalten und mich von ihm wegen meiner ehrlosen Tochter verspotten lassen wollte.«

Vigdis schwieg. Nun legten sie Gunnar zu Bett. Er befahl Skofte, sofort nach Norden zu reiten, wo die Kätner an der Arbeit waren, und sie auf den Hof zurückzuholen, denn niemand konnte doch wissen, was die Arnessöhne jetzt unternehmen würden, »und«, sagte er, »Eyolv hat gesagt, Vigdis solle jetzt seine Bettgenossin werden«.

Æsa setzte sich zu Gunnar, Vigdis aber zog Olav, den Mann, der Gunnar begleitet hatte, in eine Ecke und fragte ihn nach den Geschehnissen aus.

»Wie hast du, Olav, deinen Bauern verteidigt?«, fragte sie.

»So gut ich nur konnte«, antwortete Olav. »Und Gunnar hat sich so gewehrt, wie es von ihm zu erwarten war, wir haben jeder einen Mann getötet, aber sie waren zu sechst. Als Gunnar tödlich getroffen wurde, stürzte ich zu ihm hinüber und fing ihn auf, als er vom Pferd sank, und die anderen ritten davon.«

»Weißt du, wohin sie wollten?«, fragte Vigdis.

»Ich weiß, dass die Leute von Grimelundar bei dem See im Gautesagswald an der Arbeit sind, der Barntjernet genannt wird«, erwiderte der Kätner. »Sie fällen dort am Hang Bäume.«

Vigdis schwieg eine Weile. Dann sagte sie:

»Eyolv wird wohl glauben, heute schon gute Arbeit geleistet zu haben. Vermutlich schläft das Schwein jetzt, wo es sich den Wanst vollgeschlagen hat.«

Danach ging sie hinüber in ihre Kammer. Sie öffnete ihre Truhe und nahm das Godinnenmesser heraus, band sich ein dunkles Tuch um den Kopf und legte einen dunklen Umhang um. Dann ging sie hinaus auf den Hofplatz, holte sich Skier und Stöcke aus dem Laubengang und lief los, über die Felder zum Wald hin und dann am Wald entlang nordwärts nach Gautestad. Sie machte im Norden einen Bogen um die Häuser und hielt sich im Schatten des niedrigen Hügels hinter dem Hof. Unter den Bäumen lag eine hartgefrorene Schneedecke, und das Laufen war leicht, und schon nach kurzer Zeit konnte sie die weiße Böschung am See und die Holzfällerhütte sehen, die die Leute von Grimelundar dort errichtet hatten.

Viele Menschen waren hier unterwegs gewesen und hatten Baumstämme geschleift, überall lagen Späne und Rindenstücke und Heubäusche herum. Aber es war niemand zu sehen. Vigdis hielt sich zwischen den Bäumen und konnte unbemerkt zu der Hütte gelangen. Sie trat aus den Skiern und schaute hinein.

Neben der Tür lagen eine Axt und ein Schild, die sie kannte, beide gehörten Eyolv. Die Hütte war drei Stämme hoch und sehr eng, Vigdis ging hinein, und dort lagen zwei schlafende Männer. Einer war Eyolv.

Vigdis ging erst zu der anderen Schlafstätte, sie nahm den Umhang, mit dem sich der Mann zugedeckt hatte, und wickelte ihm den um den Kopf; mit der anderen Hand zog sie ihr Godinnenmesser hervor und stieß es ihm in die Kehle. Der Mann war sofort tot. Danach drehte sie sich zu der Stelle um, wo Eyolv lag.

Vigdis legte ihm die Hand auf die Brust und weckte ihn.

»Wach auf, Eyolv – jetzt bekommst du, was du schon so lange begehrst; hier ist Vigdis von Vadin und will mit dir scherzen.«

Eyolv fuhr aus dem Schlaf hoch, es war dunkel in der Hütte, und er konnte sie nicht richtig sehen. Vigdis fuhr fort:

»Und es stimmt schon, dass ich ehrlos bin, schließlich suche ich dein Bett auf.«

In selben Moment stieß sie mit dem Messer zu. Und diesmal traf Vigdis nicht daneben, Eyolv sank zurück, und das Blut spritzte aus seinem Hals. Sie stach noch zweimal zu, und beim letzten Mal zog sie das Messer nicht heraus; sie ließ den Schaft los und beugte sich vor, um Eyolv sterben zu sehen. Sie zog die Hände durch sein Blut und wischte sie an seinen Haaren ab. Eyolv hauchte sein Leben aus, und Vigdis ging hinaus, band die Skier an ihren Füßen fest und jagte durch den Wald davon.

Es war kälter, und Vigdis fuhr so schnell, denn jetzt ging es fast die ganze Zeit bergab. Nach einer Weile musste sie anhalten, denn ihre Beine zitterten unter ihr, und die ganze Zeit sah sie vor sich, wie Eyolv von ihrer Hand gestorben war. Und ihr ging auf, dass sie jetzt mehr getan hatte, als Gunnars Tod zu rächen, sie hatte einem Mann Gewalt angetan, und er konnte sich nicht besser wehren, als sie sich gegen Ljot hatte wehren können. Sie geriet bei diesem Gedanken in solche Erregung, dass sie kaum merkte, wie schnell sie davonjagte, und kaum sah, wo sie unterwegs war.

Als es einen Hang hinaufging, kreuzte sie einen Holzfällerweg und begegnete dort Koll Arnessohn mit seinen Leuten; sie brachten einige leere Holzschlitten nach oben und riefen ihr etwas zu. Koll und ein anderer Mann rannten durch den Schnee hinter ihr her, aber die Harschkruste war dünn und sie brachen hindurch, und Skier hatten sie nicht. Vigdis jagte hinunter durch den Wald zu einem Bach und über das Eis, obwohl es grau und brüchig war – es brach dann auch hinter ihren Skiern, aber sie gelangte auf die andere Seite und entkam ihren Verfolgern auf diese Weise.

Sie hielt erst wieder an, als sie zu Hause auf dem Hofplatz stand, und ging geradewegs in die Stube und hinüber zu Gunnars Bett. Er schlief, und Æsa saß bei ihm. Vigdis rief:

»Wach auf, Vater, denn jetzt wirst du die Botschaft vernehmen, die du am liebsten hören möchtest – ich habe unsere Schande nach besten Kräften gemindert, denn ich habe Eyolv Arnessohn getötet.«

Gunnar befahl ihnen, ihn im Bett aufzusetzen, und Vigdis erzählte, was geschehen war. Nun bat Gunnar sie, sich zu bücken, damit er sie küssen konnte, er sagte:

»Jetzt hast du dich als starke und tatkräftige Frau erwiesen – so, wie ich es einmal von dir erwartet habe. Und ich hege keinen Groll mehr, weil du dich von jenem Isländer hast verlocken lassen. Ich wünsche das Beste für dich, für dich und dein Kind.«

Vigdis erzählte nun von ihrer Begegnung mit Koll, und Gunnar fragte, ob der sie erkannt habe.

»Das weiß ich nicht«, antwortete Vigdis. »Aber das Godinnenmesser wird er sicher erkennen – und das habe ich bei Eyolv zurückgelassen.«

Gunnar sagte:

»Ich kann euch jetzt nicht mehr beschützen, und es kann dauern, bis Skofte mit unseren Leuten kommt. Es wäre das Beste, du nimmst den Jungen und begibst dich sofort nach Grefsin; so gut kenne ich Kåre, er wird das Gute, das ich ihm erwiesen habe, nicht vergessen. Olav dagegen soll alles hier nehmen, was etwas wert ist, und in dem Loch beim Fluss verstecken, hier südlich am Hang, dort, wo unsere Scheune steht.«

»Ich will dich jetzt nicht verlassen, Vater«, sagte Vigdis, aber Gunnar befahl:

»Ich aber will, dass du dich und das Kind rettest, denn ich will nicht, dass unsere Sippe ausstirbt – ich kann jetzt nur wenig ausrichten, und ich habe lange genug gelebt. Aber geht jetzt nach Grefsin, du und Æsa.«

Æsa sagte:

»Ich bin keine gute Skiläuferin – und ich verlasse dich jetzt nicht, Gunnar, so gut, wie du mich und die Meinen immer behandelt hast. Es steht auch nicht fest, ob Koll uns noch heute Abend hier aufsuchen wird – aber Vigdis soll gehen, und zweifellos wird Kåre uns nach besten Kräften helfen.«

Und so kam es, dass Æsa bei Gunnar blieb, es war ihr nicht auszureden. Vigdis ging in ihre Kammer, weckte den Jungen und zog ihn an. Sie legte ihre kostbarsten Gold- und Schmuckstücke in einen Lederbeutel und steckte etwas Brot und geräuchertes Fleisch dazu, denn sie hatte keine Zeit, um dem Jungen etwas zu essen zu geben. Dann nahm sie ihn auf den Arm, ging zu ihrem Vater und nahm Abschied. Gunnar küsste sie beide. Dann verabschiedete sie sich sehr liebevoll von Æsa und hoffte, dass sie einander wohlbehalten wiedersehen würden.

XXII

Nun ging sie hinaus und band sich die Skier an die Füße, sie umwickelte Skier und Fuß mit Riemen. Sie suchte sich einen Stock mit langer Eisenspitze und Schneeteller. Sie band sich den Jungen mit einem Tuch auf den Rücken und verließ eilig den Hof in Richtung Norden.

Die Sonne ging jetzt unter, und der überfrorene Schnee war so hart, dass die Skier kaum in den Schnee sanken, obwohl Vigdis den Jungen auf dem Rücken trug. Sie erreichte den Fluss und folgte ihm aufwärts, bis sie eine Stelle mit festem Eis fand. Dann stieg sie die Hänge hoch, das Gehen war jetzt schwer, und sie war noch müde von der ersten Wanderung an diesem Tag. Als sie oben angekommen war, schaute sie sich um; jetzt war der Himmel über dem Fjord rot, Menschen konnte sie nicht erkennen – so weit das Auge reichte –, aber damals gab es in der Gegend sehr viel Wald und Gestrüpp.

Vigdis lief weiter in Richtung Grefsen; sie ging nicht schnell, und die Sterne begannen zu leuchten, ehe sie die Häuser erreichte. Nirgendwo war ein Licht zu sehen, als sie den Hofplatz betrat, und alle Türen waren geschlossen. Vigdis ging hin und klopfte mit dem Skistock, aber niemand kam heraus, und es war auch nichts zu hören, bis auf die Kühe, die sich im Stall bewegten. Es war niemand zu Hause.

Sie hatte den Jungen in den Schnee gesetzt, um Atem

zu holen. Er zog an ihrem Umhang und zeigte zurück in die Richtung, aus der sie gekommen waren, und Vigdis folgte seinem Blick. Und nun sah sie den roten Schimmer am Himmel, dort, wo Vadin liegen musste: Der Schein wurde größer und ganz oben sah sie schwarzen Rauch. Der Junge fürchtete sich, fing an zu wimmern und vergrub den Kopf in ihrem Schoß. Doch sie hob ihn hoch und sagte:

»Jetzt verbrennen sie deinen Großvater und Æsa, deine Pflegemutter – schau genau hin, Junge, damit du es nie vergisst.«

Sie sah, wo das Feuer wütete, die Flammen schlugen auf, und der Rauch wurde rot und golden; sie hatten die Scheune angesteckt, und Heu und Getreide stiegen in Funken zum Himmel, sodass es dort, wo Vigdis stand, taghell wurde. Dann sah sie viele Männer auf Skiern zum Fluss hinunterjagen, und sie hielt es für unklug, länger hier zu bleiben, und für besser, im Wald Zuflucht zu suchen. Vigdis nahm den Jungen auf den Arm und lief so schnell, wie es die Skier zuließen. Sie dachte, es wäre das Beste, den Spuren zu folgen, die vom Haus wegführten, damit die, die sie vielleicht verfolgten, ihre eigenen nicht so leicht finden würden. Und sie lief nach Norden, denn sie wusste, dass oben beim Storvann oberhalb des Tals Menschen wohnten, und sie glaubte, dass die anderen sie nicht in solcher Ferne suchen würden.

Es wurde dunkel, als sie in den Wald kam, und so orientierte sie sich am leuchtenden Schnee zwischen den Bäumen. Es ging bergauf, und es war schwer, über den harten Schnee zu laufen, mehrmals stürzte sie und schnitt sich Gesicht und Hände blutig. Die Nacht war kalt, aber sie merkte es nicht, denn ihr Schweiß strömte nur so, und ihr Herz hämmerte so sehr, dass sie glaubte, es müsse zerspringen; aber das Schlimmste war, dass der Junge ihren

Hals umklammerte, und als es aufwärtsging, hätte er sie fast erwürgt.

Oben auf der Anhöhe ging es leichter vorwärts – aber hier sah es eigentlich aus, als ob niemals Menschen unterwegs gewesen wären. Vigdis sah noch immer den Feuerschein zwischen den Tannenwipfeln im Süden, wenn sie sich umdrehte, aber jetzt war er viel schwächer.

Nach einer Weile fing der Junge wieder an zu jammern; er fror und hatte Hunger.

»Nicht weinen, Kleiner«, sagte die Mutter. »Bald sind wir bei Leuten, da bekommst du Brei, und dann wirst du ins Bett gelegt.«

»Sind wir bald da?«, fragte der Junge.

»Ja, jetzt sind wir bald da«, sagte Vigdis.

Sie nahm ihren Umhang ab, wickelte den Jungen hinein, sodass er darin lag wie in einem Beutel, und band ihn sich auf den Rücken. Jetzt sah sie eine weiße Lichtung, die abwärtsführte, sie stieß sich aus Leibeskräften mit dem Stock ab und fuhr los, sie kam auch vorwärts, aber das Gelände war holprig und uneben, und immer wenn die Skier ins Stocken gerieten, merkte sie, dass ihre Knie zitterten und dass sie in Schweiß gebadet war. Es war jetzt sternenklar, aber schrecklich dunkel im Wald, denn der Mond ging erst gegen Morgen auf.

Schließlich sah sie eine weiße Ebene vor sich, und ihr war klar, dass es der See sein musste. Sie fand einen Weg zum gegenüberliegenden Ufer und fuhr los, doch dann stieß sie gegen einen Baum und stürzte, und sie spürte, dass der Riemen am linken Ski riss. Sie hatte ein Messer bei sich, und sie schnitt Weidenruten ab und flickte die Bindung, so gut sie konnte, den Jungen setzte sie so lange in den Schnee.

Es dauerte eine Weile, bis sie fertig war und weitergehen konnte; nun fragte sie den Jungen, als sie ihn hochhob:

»Frierst du, mein Sohn?«

»Nein«, sagte er. Sie berührte seine Hände, und die waren wie Eis, er merkte nicht, dass sie seine Hände zusammendrückte, denn sie waren erfroren. Sie setzte ihn auf ihren Schoß und rieb ihn mit Schnee ab, bis ihm die Tränen kamen, weil es wehtat. Dann wickelte sie ihn so gut wie möglich ein, überquerte den See und ging nach Nordwesten, da sie wusste, dass dort Häuser lagen.

Ihr war selbst ganz kalt geworden, während sie mit dem Jungen beschäftigt gewesen war. Und auf dem See wehte eine scharfe Schneebö von Norden her; Vigdis ging gegen den Wind an, und der schnitt durch ihre schweißnassen Kleider, bis sie sich nackt vorkam. Sie hielt sich am linken Ufer und hielt Ausschau nach Häusern, doch ohne Erfolg. Endlich sah sie einen weißen Hang und glaubte, dort eine Hütte zu erkennen; sie ging hinüber und fand eine Scheune. Inzwischen war sie so erschöpft, dass sie nicht weitergehen konnte. Sie fand die Tür, und die war offen, also legte sie die Skier ab und ging hinein. Es war stockdunkel in der Scheune und nicht wärmer als draußen, aber sie tastete sich weiter, bis sie in einer Ecke ein wenig Heu fand. Dort grub sie sich ein, aber das Heu war eiskalt und bot kaum Wärme.

Der Junge fragte jetzt, ob sie am Ziel seien und ob er nun Brei bekommen werde.

»Sie sind nicht zu Hause, die Leute«, sagte Vigdis. »Du bist sicher müde – wir legen uns einfach schlafen, und dann kommen sie bald.«

»Ich habe schrecklichen Hunger«, sagte der Kleine. Sie zog den Beutel mit Brot und Fleisch hervor, kaute darauf und steckte es ihm in den Mund. Er jammerte nun nicht mehr, aber er fror und zitterte, und das tat sie auch. Also öffnete Vigdis ihre Kleider vorn und legte den Jungen an ihren bloßen Leib; dann wickelte sie den Umhang um sie beide und türmte das Heu um sich herum auf. Der Junge schlief ein, und es wärmte sie ein bisschen, dass er dort lag und gegen ihre Brust atmete; sie nickte zwischendurch ein wenig ein, aber dann hatte sie das Gefühl, im Dunkeln unterwegs zu sein und sich den Berg hochzuschleppen, und sie fuhr hoch – damit weckte sie das Kind, und sie redete ihm gut zu.

So lagen sie eine Weile da, und sie hörte, wie der Frost in den Wänden knallte. Durch einen Spalt sah sie, dass der Mond auf den Schnee schien, der Junge wurde wieder wach und hatte Durst. Sie hatte auch Durst, und sie wollte hinausgehen und Schnee holen und feststellen, ob sie es über sich brächte, sich zu bewegen, so erfroren, wie sie war. Der Junge weinte und wollte sie nicht loslassen; sie nahm ihn auf den Arm, als sie zur Tür ging.

»Jetzt kommen sie nach Hause, die, die hier wohnen«, sagte das Kind. Vigdis sah, dass Menschen auf dem See waren, weit im Süden; sie hatten Fackeln bei sich. Sie ging nach draußen und band sich die Skier wieder an; und unterwegs fühlte sie sich doch weniger elend als vorhin in der Scheune. Doch sie fragte sich, wie diese Wanderung wohl enden würde; sie hatte nun einen Fluss erreicht und folgte seinem Lauf. Sie hatte gehört, dass ein Fluss aus Hakedalen in den See mündete, dem wollte sie folgen, wenn sie es schaffte, bis sie Menschen fand, aber sie wusste nicht, wie weit das war. Sie ging immer weiter und wurde immer müder, und sie dachte, das Ende würde wohl sein, dass sie sich mit dem Jungen unter einen Baum legte und dort liegen blieb – und es kam ihr nicht wie ein großer Verlust vor. Dennoch ging sie weiter, überquerte einen großen, langen See und lief wieder auf Schnee zu – als in der Ferne die Wölfe heulten, lief sie schneller; vielleicht war es ja so kalt, dass die Wölfe ihre Witterung nicht aufnehmen konnten.

Am Ende hörte sie die Wölfe nicht mehr, sondern nur noch den Fluss unterhalb des Hangs, auf dem sie lief; der Mond schien klar und kalt, und die Schatten lagen lang und schwarz auf dem Schnee. Nun sah sie unter den Bäumen einen großen schwarzen Fleck, und jetzt verließen sie die Kräfte. Sie kroch unter die Bäume, brach so viele Tannenzweige ab, wie sie nur konnte, und zog die Beine an, wickelte den Umhang um sich und den Jungen und zog den Kleinen auf ihren Schoß, damit er so warm würde wie nur möglich. Sie stützte das Kinn auf seinen Kopf, und danach wusste sie nichts mehr, sie saß nur so mit ihm da und schlief und döste.

XXIII

Der Tag brach an, und Vigdis sah, dass sie an einem Berggipfel saß, über ihr ragte der Fels hoch in den Himmel, unter ihr floss ein schäumender Fluss durch ein enges Tal. Der Junge schlief, und er schien diese Nacht unbeschadet überlebt zu haben, und Vigdis wollte nun versuchen, Menschen zu finden – doch sie wusste nicht, wo sie sich befand, und sie war so müde und fühlte sich so schwer, dass sie sitzen blieb.

Nach einer Weile machte sie doch den Versuch, aufzustehen, aber auf ihre Bewegung folgte ein Zischen; zwischen den Bäumen jagte ein Pfeil heran, der sich unmittelbar über ihr in den Baumstamm bohrte. Der Pfeil steckte noch zitternd im Baum, als ein Mann auf Skiern dort auftauchte, wo der Pfeil hergekommen war. Als er sie sah, blieb er verwundert stehen und fragte:

»Seid ihr allein?«

Vigdis brachte es nicht über sich zu antworten, nun kam er auf sie zu, und als er ihr Kind sah, wunderte er sich noch mehr. Der Mann war groß, mit langen blonden Locken und Bart, in Leder gekleidet, mit einer Axt am Gürtel, einem Bogen über der Schulter und einem Speer in der Hand.

Er sprach sie an und fragte, wie sie dorthin gelangt war, aber Vigdis sah ihn nur an und konnte nicht antworten. Der Junge aber sagte:

»Die haben Großvaters Hof abgebrannt.«

»Wann war das«, fragte der Mann, »und wo war dieser Hof?«

»Ich bin von Vadin«, sagte Vigdis. »Es war heute Nacht.«

»Bist du heute Nacht hergekommen?«, fragte der Mann. »Das ist die schlimmste Wanderung, die eine Frau je unternommen hat.«

Nach einer Weile sagte er:

»Du musst so schnell wie möglich ins Haus – mein Hof ist nicht gerade groß und reich, aber besser als das hier.«

Er hob sie nun auf, legte ihr den Arm um und machte auch Anstalten, den Jungen zu tragen, aber der klammerte sich an die Mutter und wollte nicht zu dem fremden Mann, da sagte Vigdis, sie werde ihn schon selbst tragen können. Nun legte er abermals den Arm um sie und ging mit ihr zum Fluss hinunter. Nach einer Weile, als er merkte, dass sie sich kaum noch aufrecht halten konnte, band er ihr die Skier ab und trug sie lange Zeit, sie und den Jungen und ihre Skier, sie bekam kaum etwas mit, bis sie zu einer engen Felsschlucht kamen, wo eine Hütte stand und der Mann Vigdis absetzte. Er sagte: »Deine Hand hast du aber übel behandelt«, und hob ihre linke Hand hoch, da sah Vigdis, dass die Hand grünweiß und klar wie Eis war. Er streifte ihr nun auch Schuhe und Strümpfe ab und rieb sie immer wieder mit Schnee ein, aber die eine Hand sah weiterhin schlimm aus. Am Ende führte er sie in die Hütte und zu einem Bett, er gab ihr aus einem Horn zu trinken, und sie schlief sofort ein, obwohl ihre Hand schmerzte.

Gegen Abend erwachte Vigdis, und nun sah sie, dass in der Feuerstätte die Flammen loderten, und dort saßen drei Männer. Sie waren in hässliche Lumpen gekleidet, hatten aber gute Waffen und viel Schmuck. Der Mann, dem sie im Wald begegnet war, und zwei weitere waren es.

Die Schmerzen in ihrer Hand wurden immer schlimmer, und sie brachte es kaum über sich, etwas von dem zu essen, was die Männer ihr anboten. Und in der Nacht wurde es noch ärger, der ganze Arm tat weh, der Schmerz zog bis in die Brust.

Gegen Morgen fragte der Mann, den sie im Wald getroffen hatte – er hieß Illuge –, wie es ihr gehe. Vigdis antwortete, sie habe noch nie so furchtbare Schmerzen erlitten; ob er meinte, es könne Besserung eintreten.

Der Mann sah die Hand an und sagte, das sehe übel aus. Vigdis sagte:

»Dann musst du mir helfen und diese drei Finger abhacken.«

Illuge sah sie eine Weile an, meinte dann aber, das wäre sicher das Beste. Und so kam es; einer seiner Gefährten nahm sie auf den Schoß und hielt sie so fest, dass sie sich nicht rühren konnte, und Illuge hieb die drei mittleren Finger der linken Hand ab. Vigdis jammerte nicht, sie sagte nur nach getaner Tat:

»Du bist ein starker Mann, Illuge, aber du hast eine leichte Hand.«

Illuge verband ihre Wunden und half ihr zu Bett. Sie war eine Weile krank, aber danach ging es ihr besser, und nun konnte sie den Männern von ihrer Wanderung berichten.

XXIV

Die drei Männer, die in der Hütte wohnten, waren Waldläufer; Vigdis hatte schon von solchen Leuten gehört, die es angeblich gefährlich machten, dort oben im Wald unterwegs zu sein. Die zwei waren Brüder, sie hießen Ille Hermod und Einar Hadelending. Illuge, der Dritte, war aus dem Norden des Landes gekommen.

Er war ein sehr schöner Mann, groß und gut gebaut, mit kleinen Händen und Füßen, klaren Gesichtszügen, einer Hakennase, blauen Augen und langen blonden Locken und Bart.

Eines Morgens, als es Vigdis viel besser ging, kam Illuge zu ihr herein, als sie gerade mit dem Jungen allein war. Sie redeten eine Weile miteinander, dann sagte er:

»Wir haben darüber gesprochen, meine Stallbrüder und ich – es ist nicht leicht, eine Frau hierher in den Wald zu holen. Dir geht es auch nicht viel besser als uns, denn du bist von zu Hause vertrieben worden. Jetzt wollen wir es so halten, dass du und ich ein Bett teilen, und im Frühjahr werde ich weiter nördlich am See für mich eine Hütte bauen. Hermod und Einar wollen nun auch versuchen, sich Frauen herzuholen.«

Vigdis hatte den Jungen auf dem Schoß, sie erwiderte:

»Du wirst mich doch wohl nicht zwingen, Illuge.«

Nach einer Weile antwortete Illuge:

»Zwingen werde ich dich nicht – aber ich weiß nicht,

worauf du warten willst; am Ende musst du doch einen von uns nehmen, und da finde ich, dass ich das größte Anrecht auf dich habe. Hier am See, den wir Bärensee nennen, kann man reichlich jagen und fischen. Und du und dein Sohn, ihr habt es hier doch besser, als du hättest hoffen können, als ich euch gefunden habe.«

Vigdis entgegegnete:

»Ihr müsst viel genügsamer sein, als von solchen Männern zu erwarten wäre, wenn ihr euch hier so weit von den Menschen entfernt im schwarzen Wald elende Stätten roden wollt – ich begreife nicht, warum du nicht wieder in die Dörfer gehst. Ich glaube nicht, dass irgendjemand hier in meiner Gegend wagen würde, euch den Frieden zu verweigern, denn niemand kann sich mit einem von euch messen.«

Illuge meinte, es sei nicht so leicht, den Wald zu verlassen, wie sie glaube.

Vigdis sagte:

»Ich lasse mich und meinen Sohn nicht von Koll Arnessohn, der meinen Vater verbrannt hat, von unserem Hof jagen – auch wenn ich nur eine alleinstehende Frau bin und außerdem jung. Ich weiß, wo mein Vater vor seinem Tod sein Gold versteckt hat, ich werde mit euch teilen, wie sich das unter Stallbrüdern gehört, und ein Schicksal soll für uns alle gelten.«

»Du bist eine kühne Frau«, erwiderte Illuge, »aber die Åslodörfer sind zu nahe gelegen, und über unsere Taten wissen dort alle zu gut Bescheid. Wenn wenigstens König Olav jetzt im Winter nicht in Handeland gewesen wäre, aber so?«

Nun sagte Vigdis:

»Es könnte sein, dass das nur gut für uns ist. Ich habe dem König große Beschwerden vorzutragen – und ich habe gehört, dass er den neuen Glauben predigt und sehr gut zu allen ist, die sich taufen lassen. Aber zu Hause im Dorf gibt es viele, die an den Göttern festhalten und ihnen Opfer bringen – ich will mich also zu König Olav begeben, und wenn keiner von euch wagt, mich zu begleiten, dann bitte ich euch, dass mir einer den Weg durch den Wald zeigt. Und ich denke schon, dass sich die Lage bessern wird – ich verspreche, dass für euch und mich dasselbe gelten soll.«

Dann sprach Vigdis darüber noch weiter mit den Waldläufern. Einar Hadelending, der Jüngste, wollte gern versuchen, seinen väterlichen Hof zurückzugewinnen, und Hermod sagte, er habe es längst satt, im Wald zu hausen, er wolle sich ein Schiff besorgen und das Land verlassen. Illuge war am wenigsten willig und redete oft, wenn sie allein waren, auf Vigdis ein, damit sie seine Frau würde. Sie antwortete immer, darüber könnten sie reden, wenn sie Vadin zurückgewonnen hätte. Und am Ende versprach Illuge, mit ihr nach Norden zum König nach Hadeland zu kommen.

XXV

Vigdis und Illuge trafen am Königshof ein, als König Olav und seine Wache den Palmsonntag hielten. Sie wurden auf einem in der Nähe gelegenen Hof untergebracht.

Nach der Morgenandacht gingen sie zur Herberge des Königs, und Vigdis bat darum, zu König Olav geführt zu werden. Sie hatte sich schön zurechtgemacht, und sie trat mit höfischen und schönen Gebärden vor ihn hin und stellte ihre Sache in klugen Worten dar. Der König musterte sie, während sie sprach, und als sie fertig war, sagte er:

»Du hast großes Unrecht erlitten, Vigdis, wenn es so gewesen ist, wie du sagst – und über diese Arnessöhne habe ich auch früher schon Schlechtes gehört. Aber wer ist dein Begleiter?«

Illuge trat vor und sagte:

»Ich werde Illuge der Lichte genannt, Herr, und in den letzten Jahren habe ich hier im Wald gehaust.«

Der König runzelte die Stirn und sprach:

»Dein Name ist mir durchaus bekannt – es wäre vielleicht besser, wenn es anders wäre, auch für deine Angelegenheit, Vigdis, wenn du andere Fürsprecher hättest als Wegelagerer und Waldläufer.«

»Diese Männer, Herr König«, sagte Vigdis, »haben mir geholfen und mir und meinem Sohn das Leben gerettet, als ich wie eine Dirne aus dem Dorf gejagt wurde. Und

Illuge hat mich hergeführt, als ich ihn darum gebeten habe – obwohl er vogelfrei ist und sein Leben aufs Spiel gesetzt hat. Deshalb wäre es nicht richtig von mir, Herr, Hilfe von Euch anzunehmen, ehe Ihr mir versprecht, dass er freies Geleit zurück in den Wald bekommen wird, wenn Ihr es ihm nicht gewähren wollt, sich mit Euch auszusöhnen.«

Der König versprach nun, Illuge bis nach Ostern unter seinen Schutz zu nehmen und später weiter über diese Angelegenheiten zu reden. Er bat sie, seine Gäste zu sein, bis alles geregelt wäre. An den folgenden Tagen suchte er oft das Gespräch mit Vigdis, und sie musste ihm alles darüber erzählen, wie sie Eyolv Arnessohn getötet und was sie seither erlebt hatte.

Am Karsamstag rief er sie zu sich; er war allein in der Stube und bat sie, sich zu ihm auf die Bank zu setzen. Der Abend näherte sich. Er fragte sie nun nach Illuge, ob dieser der Vater ihres Kindes sei. Vigdis antwortete, nein, zwischen ihr und Illuge bestehe kein solches Verhältnis.

König Olav fragte nun, wer also der Vater des Jungen sei, wo er sich aufhalte und warum sie nicht verheiratet sei.

»Ich weiß wenig über ihn, Herr«, antwortete Vigdis. »Er war nicht aus diesem Land. Jung und töricht war ich, und deshalb ließ ich mich verlocken – aber ich spreche nur ungern über ihn, und ich bitte Euch, mich nicht mehr danach zu fragen.«

Jetzt legte der König den Arm um sie und sagte:

»Lange wirst du sicher nicht Witwe bleiben, Vigdis, so schön und klug, wie du bist.«

Vigdis wollte aufstehen, aber König Olav griff nach ihr und zog sie auf seinen Schoß. Nun sagte sie:

»Bisher hatte ich keine Lust, weitere Männer zu lieben.

Und nun bitte ich Euch, Herr, lasst mich gehen, denn es ist schon spät.

König Olav lachte und küsste sie, er sagte:

»Ich möchte aber, dass du bei mir bleibst – findest du nicht, dass wir gut zueinander passen, Vigdis, und es wäre keine Schande für dich, meine Nebenfrau zu werden. Ich würde dich gut für dein Liebesversprechen belohnen.«

»Es ziemt sich nicht für Euch, Herr König«, antwortete sie. »Ihr könnt jede Jungfrau haben, die Ihr wollt, und Ihr habt es nicht nötig, aus dem Krug zu trinken, den schon ein anderer hatte.«

Der König lachte noch mehr, küsste sie wieder und sagte:

»Und doch schmeckt mir dein Mund süß, Vigdis.«

Und nun hob er sie hoch, legte sie auf die Bank und wollte mit ihr scherzen.

Da stemmte Vigdis die Hand gegen seine Brust und sagte:

»Der Gott, an den Ihr glaubt, hat für Euch schlimmeren Kummer erleiden müssen als Ihr, wenn Ihr mich jetzt verschont.«

König Olav ließ sie los. Nach einer Weile stand er auf und sagte, sie könne nun gehen, wenn sie wolle. Vigdis stellte die Füße auf den Boden. Sie merkte, dass es ihr jetzt nicht mehr so zuwider wäre, beim König zu bleiben. Aber der König blieb auf der Bank sitzen und sprach nicht mit ihr. Nach einer Weile erhob sie sich deshalb und ging aus dem Raum und hinüber in die Gemächer der Frauen.

Jetzt kamen die beiden hohen Feiertage, und an diesen Tagen sprach der König nicht mit Vigdis. Aber am dritten Tag bat er sie wieder zu sich. Jetzt standen viele seiner Männer neben ihm.

Er sagte, er werde jetzt Leute mit ihr nach Grefsin schicken und ihr in jeglicher Hinsicht zu ihrem Recht verhelfen. Er versprach zudem, Illuge und dessen Gefährten vom Bann zu befreien. Aber danach trat er mit Vigdis beiseite und sah ihr ins Gesicht, während er fragte:

»Sag jetzt die Wahrheit, Vigdis – wirst du Illuge den Lichten heiraten, wenn du deinen Hof wiederhast?«

Vigdis blickte auf und erwiderte:

»Ihr habt eine viel zu geringe Achtung vor mir, Herr, wenn Ihr meint, ich wollte lieber mit dem Wolf spielen als mit dem Löwen. Aber jetzt, da Ihr mir so viel Güte erwiesen habt, dass ich sehe, es gibt unter den Häuptlingen nicht Euresgleichen, habe ich noch eine Bitte an Euch: Schickt mir auch noch einen Geistlichen mit nach Vadin und schenkt mir die Einweisung in Euren Glauben. Ich sehe es jetzt ein – mein Vater hat immer auf seine eigene Kraft vertraut, und ich habe das früher auch für das Richtige gehalten – aber jetzt ist mir klar, dass Euer Glaube der beste ist.«

König Olav freute sich sehr, als er das hörte. Auch Illuge ließ sich taufen und blieb bei dem König, er und auch Einar Hadelending, nachdem sie vom Bann befreit worden waren. Hermod dagegen kaufte sich ein Schiff und verließ das Land.

Der König schickte einige seiner Leute mit Vigdis nach Süden, auch ein Geistlicher reiste mit ihnen. Sie begaben sich zuerst nach Grefsin und wurden von Kåre gastlich aufgenommen. Vigdis erfuhr jetzt, dass in der Nacht, in der Vadin abgebrannt war, alle aus Grefsin anderswo zu Gast gewesen waren. Kåre hatte die Flammen gesehen, sofort seine Leute zusammengerufen und die Verfolgung von Koll Arnessohn aufgenommen, und Kåre hatte Koll erschlagen, als sie ihn eingeholt hatten. Danach hatten sie lange nach Vigdis gesucht, aber keine Spuren gefunden und deshalb angenommen, sie sei umgekommen.

Der Fall kam nun vor das Ting, und für die Arnessöhne

musste keine Buße gezahlt werden; ihre Erben mussten jedoch für den Mord an Æsa und für den Schaden an Hof und Vieh bezahlen, und dabei kam eine hohe Summe zusammen.

Vigdis ließ im Sommer die Häuser wiederaufbauen: Sie entwickelte immer neue Kräfte, und ihr Mut und ihre Stärke wurden bald überall bewundert. Sie ließ ihren Sohn taufen und nannte ihn Ulvar, da sie ihn in jener Nacht durch den Wolfswald getragen hatte. Danach ließ sie ein Stück weiter südlich am Frysja eine Kirche aus festem Holz errichten.

Die Menschen in den Åslo-Dörfern nahmen den neuen Glauben an, und Vigdis hielt sich an ihr Taufgelübde, auch wenn sie nicht besonders eifrig im Glauben war, schließlich hatte sie mit der Leitung des Hofes mehr als genug zu tun. Und nun vergingen viele Jahre, in denen auf Vadin alles ruhig blieb. Weshalb nun von Ljot erzählt werden soll.

XXVI

Torbjørn Hålegg auf Eyre ist bereits erwähnt worden, bei ihm war Ljot Gissurssohn aufgewachsen. Torbjørn war ein reicher, hoch angesehener Häuptling. Torbjørn hatte mit seiner Frau viele Söhne, aber die kommen in diesem Bericht nicht vor. Der älteste hieß Lyting, er lebte nicht mehr. Lytings Witwe hieß Gudrun, und sie wurde Sonne des Ostfjords genannt, sie zählte zu den schönsten Frauen Islands, und sie war sehr reich, eine kluge und tüchtige Frau, gut und treu ihren Freunden gegenüber und gütig zu ihrem Gesinde; aber jähzornig, eigenwillig und nicht wenig hochmütig. Lyting und Gudrun hatten nur ein Kind, eine Tochter namens Leikny. Es hieß, sie komme nach ihrer Mutter, aber nur im Guten, und Leikny Lytingstochter war überall gern gesehen. Lyting hatte ihr versprochen, sie niemals gegen ihren Willen zu verheiraten, und mit der Zeit hatten sich viele Bewerber vorgestellt, aber Leikny hatte sie alle abgewiesen.

Ljot kehrte in dem Herbst, in dem er auf der Alm mit Vigdis gesprochen hatte, nach Island zurück. Als Erstes erfuhr er, dass Veterlide um Gudrun geworben hatte und dass die Hochzeit sechs Wochen nach Mittwinter stattfinden sollte. Ljot begab sich geradewegs zu seinem Hof, Skomedal, verbrachte dort den ganzen Winter und sah niemanden; auf der Hochzeit seines Freundes ließ er sich nicht blicken, und viele wunderten sich darüber.

Im Sommer blieb Ljot zu Hause, während das Allting abgehalten wurde. Veterlide und Gudrun waren beim Ting, und auf der Heimreise machten sie einen Abstecher nach Skomedal. Sie zeigten keinen Zorn darüber, dass Ljot nicht zu ihrer Hochzeit gekommen war, aber sie baten ihn nun freundlich, sie doch nach Holtar zu begleiten, und am Ende sagte er zu, nachdem er sich lange hatte überreden lassen.

Nun feierte Veterlide ein großes Fest, zu dem viele Gäste kamen. Es war ein prachtvolles Gelage, und alles war schön und gut, doch vielen fiel auf, dass Ljot düster und mürrisch aussah; er sprach kaum mit anderen Gästen und wollte sich nicht an den Spielen der anderen Junggesellen beteiligen.

An einem der ersten Tage des Gastmahls trug Veterlide einen reich verzierten Umhang, es war der, den er von Vigdis bekommen hatte. Ljot konnte seine Augen einfach nicht von diesem Kleidungsstück abwenden. Später an diesem Tag hatte Veterlide den Umhang auf die Bank gelegt; nun setzte sich Ljot und hob ihn hoch, dann legte er ihn über seine Knie. Als Veterlide zu ihm kam, bat Ljot:

»Tausche mit mir, Verwandter – gib mir diesen Umhang und sag, was du dafür haben willst.«

»Ich verkaufe nichts, was mir geschenkt worden ist«, erwiderte Veterlide.

»Dann schenke ihn mir«, sagte Ljot. »Ich habe dich noch nie um etwas gebeten.«

Zuerst schwieg Veterlide. Dann kam Gudrun dazu, sie hatte etwas von dem Gespräch gehört. Und sie sagte:

»Es gehört sich eigentlich nicht, Veterlide, deinem Verwandten eine Bitte abzuschlagen – ein Gast soll doch geehrt werden. Sieh ein, Ljot, dass wir nur dein Bestes wollen, leg deinen Trübsinn ab, geh lieber hinaus und spiele mit den anderen jungen Männern und lass uns sehen, was du als Mann taugst.«

Sie forderte Ljot auf, sich zu erheben, und legte ihm den Umhang um die Schultern; der stehe ihm so gut, als sei er für ihn gemacht worden, sagte sie. Dann ging sie. Ljot stand mit dem Umhang da. Veterlide sagte:

»Wenn Gudrun nicht gesprochen hätte, hättest du ihn nicht bekommen. Es wäre auch besser für dich, du hättest ihn nicht, und am besten, du hörtest auf, an die zu denken, die ihn genäht hat.«

Ljot erwiderte:

»Dieses Mädchen hat mir gefallen – aber diesmal war es so, dass mir der Umhang gefallen hat, denn er steht mir so gut. Also danke ich dir für die unfreiwillige Gabe, Verwandter, und nehme, was ich bekommen kann.«

Er deutete ein Lächeln an, als er das sagte, legte den Umhang ab, ging weg und verbarg ihn in seinem Gepäck. Und danach lief er hinaus auf den Hofplatz, wo die jungen Männer ihre Spiele veranstalteten.

Zwei Brüder waren dabei, es waren Odd und Sigurd Beinessöhne, sie waren hervorragend in allen Kraftspielen: Odd war der stärkste Mann in diesem Teil der Insel. Auch Ljot war geschickt in Waffenspielen jeder Art und gab gegenüber Odd einen guten Gegner ab, auch wenn er etwas aus der Übung geraten war. Aber je länger er spielte, umso feuriger wurde er, und am Ende sagten alle, die zusahen, dass Ljot der Beste in den Spielen war, in denen es um Schnelligkeit und Geschicklichkeit ging, Odd dagegen in jenen, in denen es auf Kraft ankam.

»Es wäre schon lustig«, meinte Ljot, »zu sehen, ob Odd Manns genug ist, mich zu Boden zu ringen.«

Nun gingen sie aufeinander los, und Ljot merkte schnell, dass seine Kraft im Vergleich zu der des anderen gering war, aber nun wandte er all seine Stärke auf, und Odd verließ sich zu sehr auf seine eigene und war nicht genug auf der Hut, und es endete damit, dass Ljot ihn zu Boden warf. Damit waren für diesen Tag die Spiele beendet.

Ljot übernachtete in einem der Häuser, die zu dem Hof gehörten, und als er am Morgen im Bett lag und nicht aufstehen mochte, hörte er, dass im Nebenraum einige Frauen miteinander sprachen. Eine sagte:

»Wie hat es dir gefallen, dass Odd Beinessohn gestern zu Boden gerungen worden ist – er wird jetzt wohl nicht mehr prahlen, dass niemand ihn besiegen kann.«

Eine andere lachte und antwortete:

»Mir ist es doch egal, ob Odd besiegt werden kann oder nicht – aber dass der schöne junge Mann gewonnen hat, das hat mir gefallen.«

»Nennst du Ljot einen schönen jungen Mann?«, fragte die Erste, »der ist doch im Gesicht dunkel und fahl wie ein Wassergeist.«

»Das muss ja wohl der sein, den ich meine«, sagte nun die andere. »Ich kenne sonst keinen, der Odd besiegt hat.«

Ljot stand auf und zog sich an, dann ging er ins Nebenzimmer. Dort standen mehrere Frauen, und Ljot fiel eine auf, die er an den anderen Tagen nicht gesehen hatte. Sie trug ein hellgrünes, besticktes Kleid und war sehr schön; eher klein als groß, aber rundlich und wohlgeformt, mit kleinen Händen und Füßen, einem hellen, schönen Gesicht und blauen, fröhlichen Augen. Das Schönste aber waren ihre Haare, denn die waren so lang, dass sie sich ganz hineinhüllen konnte, sie waren blassgelb wie Flachs, und sie glänzten. Sie kämmte sich gerade, als er eintrat.

Ljot fing ein Gespräch mit den jungen Frauen an, aber die ganze Zeit schaute er zu der Blonden hinüber. Als sie sich gekämmt hatte, ging er zu ihr hinüber und bat um ihren Kamm. Den bekam er. Nun fragte er:

»Warst du es, die mich als schönen jungen Mann bezeichnet hat?«

Sie errötete ein wenig, lachte aber und sagte:

»Ich konnte doch nicht wissen, dass du uns belauscht hast – aber weißt du, jemandem, den man schon als Kind gekannt hat, gönnt man gern Gutes und sagt auch nur Gutes über ihn.«

Nun staunte Ljot, und nach einer Weile bat er:

»Sag mir doch deinen Namen, ich wüsste jedenfalls nicht, dass wir uns kennen.«

»Ach, das kann doch egal sein«, sagte die junge Frau, und Ljot begriff, dass sie sich ärgerte. Also sagte er:

»Du warst bei unserer letzten Begegnung nicht halb so schön wie jetzt – denn mir ist schon klar, dass du Leikny Lytingstochter bist.«

»Ihr habt auch nicht oft zu mir herübergeschaut, du und die anderen Jungen, als wir damals zusammen auf Eyre bei meinem Großvater waren«, erwiderte Leikny, und die anderen Frauen lachten. Aber sie merkten schon, dass ihm diese Antwort gefiel.

Jetzt erfuhr er, dass sie einige Zeit bei Torbjørn verbracht hatte und am Vortag nach Hause gekommen war. Ljot erkundigte sich nach Neuigkeiten von Eyre, und er unterhielt sich lange mit Leikny, denn sie war eine kluge Frau, die ihre Worte wohlzusetzen wusste. Am Abend setzte er sich zu ihr und trank mit ihr. Unter anderem sagte er:

»Es ist seltsam, dass du noch nicht verheiratet bist, Leikny – aber du meinst wohl, kein Mann sei gut genug für dich, das kann ich mir vorstellen.«

»Das nicht«, antwortete sie. »Aber es kann ja wohl nicht schaden, sich vor einem solchen Handel ein bisschen umzusehen, ich möchte nicht in eine Lage kommen, in der ich alles am liebsten wieder ungeschehen machen würde.«

Ljot lachte und meinte: »Du bist sicher schwer zufriedenzustellen, und ich würde nicht wagen, bei dir anzufragen.«

Leikny sagte nichts darauf, und nun sprachen sie über andere Dinge. Am folgenden Tag ritt Ljot nach Hause.

XXVII

Im Spätherbst brachte Gudrun einen Sohn zur Welt. Veterlide goss ihm Wasser über den Kopf und nannte ihn Atle. Eines Morgens, Gudrun lag noch im Bett, waren Leikny und sie allein in der Stube. Leikny stand am Bett der Mutter und wickelte den Kleinen. Als sie fertig war, hielt sie ihn noch weiter in den Armen, küsste und streichelte ihn und sagte:

»Dein Junge ist so lieb und schön – ich wünschte mir so sehr, Mutter, er wäre mein Kind und nicht deins.«

Gudrun, die im Bett lag, sagte zornig:

»Gib ihn mir, und rede keinen Unsinn – es wäre ja auch nicht zu früh, wenn du dir ein Kind zulegtest. Du bist jetzt zwanzig, ich weiß nicht, worauf du wartest, oder warum du nicht heiraten kannst wie andere. Du hättest Odd Beinessohn nehmen können, ich weiß, bei ihm hättest du es in jeder Hinsicht gut gehabt.«

Leikny antwortete:

»Ich habe schon einmal gesagt, einen Geringeren als einen Goden will ich nicht.«

»Dann hättest du den Antrag von Runolv dem Goden annehmen sollen«, sagte die Mutter.

Leikny lachte und sagte:

»Das kann doch nicht dein Ernst sein, Mutter. Es heißt, seine Knechte müssten den alten Kerl ins Bett hinein- und wieder herausheben.«

»Du wirst auch einmal alt«, sagte Gudrun, »und die Bewerber werden es sicher bald satthaben, wie die Narren hier herumzustehen und von dir verschmäht zu werden.«

»Ach, irgendwann kriege ich auch noch einen ab«, sagte Leikny. Nach kurzem Schweigen fügte sie hinzu:

»Wenn Viga-Ljot von Skomedal um mich anhielte, würde ich ihn gern nehmen, auch wenn er kein Godenamt hat, und dann würdest du dich nicht mehr darüber ärgern müssen, dass ich noch immer hier bin.«

Die Mutter antwortete:

»Jetzt bist du fast so verrückt wie Lyting, wenn er wütend war – das wäre der letzte Ort, an den ich ziehen würde, wenn ich ein junges Mädchen wäre – in dieses abgelegene Tal, wo nie ein Mensch vorbeikommt.«

»Es soll ein guter Hof sein, habe ich gehört«, meinte Leikny. »Und Großvater und die ganze Verwandtschaft wären sicher zufrieden – es ist doch das Beste, mit der ganzen Sippe versöhnt zu sein.«

»Ja, Veterlide würde es gefallen«, sagte die Mutter. »Er gönnt dem Sohn seiner Schwester jedenfalls eine gute Heirat. Aber ich hatte mir vorgestellt, dass du einen reicheren und mächtigeren Mann nehmen würdest.«

»Es wird gar nicht so wenig sein, wenn wir unseren Besitz zusammentun«, erwiderte Leikny. »Und ich habe immer gehört, dass Ljot es noch zum Häuptling bringen kann.« Sie schwieg eine Weile, dann sagte sie: »Sprich mit Veterlide darüber, Mutter – aber sag nicht, dass ich dich darum gebeten habe.«

XXVIII

Ljot war zu Hause in Skomedal, und Veterlide kam kurz vor Mittwinter und bat um Unterkunft. Ljot nahm ihn freundlich auf, und die Verwandten hatten große Freude daran, zusammen zu sein.

Der Hof lag in einem Tal, dem Skomedal, auf beiden Seiten standen hohe Berge, und in der Mitte gab es einen Fluss; auf dem am Hof gelegenen Ufer standen Birken, und es gab gutes Weideland und reiche Fischgründe. Ljot hatte viel Vieh, Veterlide sah sich genau an, wie Ljot wirtschaftete, nun hielt er Ljot für einen fähigeren Bauern, als es von einem Mann in seinem Alter zu erwarten gewesen wäre. Das sagte er ihm eines Tages:

»An diesem Hof ist wirklich nichts auszusetzen, Verwandter, ich sehe, dass nur noch eins fehlt – es wird Zeit, dass du heiratest und eine Frau bekommst, die die Herrschaft über den Hof übernehmen kann, es ist immer besser, wenn eine Hausfrau da ist. Die Magd, die dir den Haushalt führt, tut sicher ihr Bestes – aber sie wird doch alt – und du könntest deinen Besitz vergrößern, wenn du dich nach einer guten Partie umschautest.«

Ljot fand, er komme gut zurecht, und die alte Frau führe die Wirtschaft schon seit Steinvors Tod. »Und heiraten kann ich immer noch.«

»Wenn du meinst«, erwiderte Veterlilde. Ljot schwieg. Da sagte Veterlide:

»Ich glaube doch nicht, dass du noch immer an Vigdis Gunnarstochter denkst.«

Ljot wurde rot und sagte eilig:

»Ich weiß auch nicht, wo ich fragen könnte – nein, ich will mich nicht binden.«

»Du hast im Sommer mit Leikny Lytingstochter gesprochen«, sagte Veterlide. »Wie gefällt sie dir?«

»Gut«, sagte Ljot langsam. »Sie ist schön und weiß sich auszudrücken. Aber ich hatte nicht vor, mich dort zu bewerben.«

»Sie ist so klug, wie sie schön ist«, sagte Veterlide. »Und gütig zum Gesinde und eine tüchtige und fleißige Frau. Ich habe mit ihr über dich gesprochen, ich glaube nicht, dass sie dich abweisen würde: Torbjørn hat zu entscheiden, wen sie heiratet, und sie selbst und Gudrun. Ehrlich gesagt, Verwandter, ich habe gedacht, ihr würdet gut zusammenpassen, und viele würden sich freuen, wenn es so käme.«

»Ich verstehe schon, Verwandter, dass du mir einen guten Rat geben willst«, sagte Ljot, »und es ist schön von dir, dass du mir zu dieser Ehe verhelfen wirst. Aber ich habe noch keine Lust zu heiraten.«

Veterlide bat ihn, sich die Sache zu überlegen, erwähnte sie dann aber nicht mehr. Er beobachtete Ljot sorgfältig und bemerkte, dass der nachts schlecht schlief und in vieler Hinsicht aussah wie ein Mann, der sich mit schweren Sorgen quält.

An seinem letzten Tag in Skomedal fragte Veterlide Ljot noch einmal, ob er sich das mit Leikny überlegt habe. Ljot antwortete:

»Ich danke dir sehr für deine Fürsorge, Verwandter, du musst mir in dieser Angelegenheit helfen, denn mir ist schon klar, wie wertvoll dein Rat ist.«

Ljot begleitete Veterlide zu dessen Hof. Gudrun und

Leikny nahmen ihn freundlich in Empfang, und die Eheschließung wurde besprochen. Die Hochzeit fand im Frühling statt, und Veterlide richtete alles prachtvoll aus. Ljot und Leikny begaben sich daraufhin nach Skomedal und hatten ein gutes Leben miteinander.

XXIX

An einem Tag einige Zeit später im Sommer war Ljot weiter oben im Tal und mähte die Wiesen, die er dort besaß. Das Wetter war sehr schön, sonnig und sehr warm. Er hatte zwei Männer mitgenommen, sie mähten auf dem einen Flussufer, während Ljot auf dem anderen Ufer an der Arbeit war, und er hatte seine Oberkleidung abgelegt und trug nur Hemd und Hose. Sie waren so weit vom Hof entfernt, dass sie nicht zu jeder Mahlzeit zurückkehren konnten, deshalb wollte Ljot gegen Mittag den Fluss überqueren und seinen Imbiss mit seinen Leuten teilen. Nun sah er Leikny am Flussufer hochkommen, sie hatte sich sehr sorgfältig gekleidet und trug das hellgrüne Kleid, das sie bei dem Gastmahl getragen hatte, in der Hand hielt sie ein großes Bündel. Sie blieb stehen und unterhielt sich kurz mit den Mähern, gab ihnen auch etwas aus ihrem Bündel; aber danach ging sie auf den Steinen über den Fluss und kam zu Ljot.

»Meine Mutter hat mir Met geschickt«, sagte sie, »und ich dachte, das könnte euch guttun, wo ihr doch hier in dieser Hitze mähen müsst.«

»Damit hättest du dich doch nicht selbst abmühen müssen«, meinte er.

»Ach, das ist doch keine große Mühe«, erwiderte Leikny. »Solches Wetter haben wir nicht oft – und ich hatte auch Lust zu sehen, wie das Heu hier oben ausfällt.«

Ljot schlug vor, zu den Mähern auf das andere Ufer zu gehen, da die den Proviant bei sich hatten, aber Leikny lachte und zeigte auf ihr Bündel:

»Du kannst dir doch denken, dass jemand dafür gesorgt hat, dass du etwas zu essen bekommst, wo deine Frau schon eine so lange Wanderung auf sich nimmt. Aber komm, wir setzen uns hier an den Hang, da ist es angenehm und nicht so heiß.«

Damit ging sie nach oben, griff zwischendurch ins Heu und roch daran. Am Ende der Wiese standen einige Birken, und auch dort musste Leikny schnuppern, wo das neue Laub so frisch und süß duftete. Am Ende fand sie eine Mulde zwischen den Felsen, dort gab es Schatten und Heidekraut und Gras, die Mulde war gerade groß genug für sie beide, und Leikny bat ihn zu sich.

»Hier kannst du dich hinlegen und schlafen, wenn du satt bist«, sagte sie.

Nun aßen und tranken sie, und Leikny war zwischendurch fröhlich und zum Scherzen aufgelegt. Als sie fertig waren, legte Ljot sich ins Heidekraut und wollte schlafen, er legte sich den Arm über die Stirn, um sich vor der Sonne zu schützen; Leikny aber nahm ihr Kopftuch ab und bedeckte seine Augen damit. Nach einer Weile fragte sie:

»Kannst du nicht den Kopf in meinen Schoß legen – dann hast du mehr Platz.«

Das tat Ljot. Nun schaute er hoch in Leiknys Gesicht, während sie mit bloßem Haar in der Sonne saß, und er sagte:

»Jetzt siehst du aus wie damals, als wir uns auf Holtar begegnet sind.«

Leikny lächelte und sagte:

»Sag mir jetzt, Ljot, ob du dich darüber freust, dass wir uns an jenem Tag begegnet sind – und ob du damit zufrieden bist, dass ich jetzt hier oben bei dir wohne.«

»Das weißt du doch, dass ich das bin«, erwiderte er.

Leikny ließ nicht locker:

»Woher soll ich das wissen? Ich habe das Gefühl, dass dich etwas bedrückt – du bist nicht mehr so wie damals als Junge. Da konntest du verrückt und wild sein, laut und verspielt – aber jetzt bist du meistens stumm.«

»Es wäre aber auch nicht gut«, sagte Ljot, »wenn man nicht aus den Jungenstreichen herauswüchse.«

»Damals wurde über dich gesagt«, beharrte sie, »dass du so gut singst und Verse machst. Kannst du mir nicht ein paar von deinen Liedern vorsingen?«

»Ach, die haben gelogen, die das erzählt haben«, sagte er. »Meine Lieder haben nie besonders viel hergemacht.«

»Du kannst mir doch eins aufsagen«, bat sie.

»Mir fällt jetzt keins ein«, sagte er. »Es ist alles so lange her.«

Leikny legte beide Hände um sein Gesicht und wiegte seinen Kopf zwischen ihren Knien, und dabei sagte sie:

Denk ich an die lichte Maid
Find ich vor Sehnsucht keinen Schlaf.
Nachts fliegen meine Gedanken
Weit über dunkles Wasser
Ruhen die erschöpften Flügel
Wo sie auf warmem Söller liegt
Sie, die es nicht schert
Ob sich die Vögel nachts verirren.
Tags dann macht mich das müde.

»Ich habe gehört, dass du dieses Lied gemacht hast.«

»Das kann sein«, antwortete er. »Ich kann mich nicht mehr daran erinnern.«

»Was war das für eine Maid?«, fragte Leikny. »War das eine, die dich nicht wollte?«

»Ach, das ist so etwas, das man sich so ausdenkt«, sagte Ljot. »Wenn man allein ist, kommen einem so viele Gedanken. Es hätte irgendeine sein können.«

Leikny schwieg eine Weile, dann fragte sie:

»Hat es eine gegeben, die du lieber geheiratet hättest als mich?«

»Nein, so eine gab es nicht«, antwortete er. Nun umfasste sie wieder seinen Kopf, beugte sich über ihn und küsste ihn. Er streichelte ihre Wangen und ihren Hals.

»Nein, jetzt möchte ich mich auch hinlegen«, sagte Leikny und nahm seinen Kopf von ihrem Schoß.

»Ja, tu das«, sagte Ljot und machte Platz für sie. »Hier liegt man gut.« Er breitete wieder ihr Tuch über sein Gesicht. Leikny legte sich neben ihn ins Heidekraut, stützte sich aber auf einen Ellbogen und sah ihn an.

»Du bist ja ungeheuer schläfrig«, sagte sie. Sein Hemd war über seiner Brust offen, und sie nahm einen Birkenzweig und kitzelte ihn auf der Brust und unter dem Kinn. Ljot nahm ihre Hand und spielte ein wenig damit, öffnete jedoch nicht die Augen.

»Was hast du da für eine Narbe am Hals?«, fragte sie. Sie legte sich über ihn und küsste die Narbe.

»Du kitzelst mich«, sagte Ljot. »Ich schwitze so schrecklich.«

»Du wolltest doch schlafen«, sagte Leikny.

»Ja, wenn du so lange still sein könntest«, lachte Ljot. »Und hast du nicht gesagt, dass du ebenfalls schlafen willst?«

»Bist du denn müde?«, fragte Leikny.

»Ja, ich bin ziemlich müde«, antwortete er.

Dann legten sie sich hin, und Ljot schlief ein, Leikny aber setzte sich auf und sah ihn an.

XXX

Es wurde schon erwähnt, dass das Tal einsam war; zu Skomedal gehörten einige Leibeigene und Freigelassene, und weiter im Süden lag ein Hof namens Svartåbakke. Dort hauste ein Bauer namens Åsbrand. Er war arm und kam nur mit Mühe über die Runden – er hatte zehn Kinder, und nur der älteste Sohn war schon groß genug, um sich zu Hause nützlich zu machen. Halstein hieß der Junge; er war groß und stark, er war sehr fleißig und gehorchte seinem Vater; ansonsten war er streitsüchtig, jähzornig und misstrauisch – er war nicht gerade beliebt. Er hatte sich oft mit Ljot anzulegen versucht, denn er gönnte keinem anderen Wohlstand, aber Ljot nahm es gelassen hin, denn er betrachtete den anderen weiterhin als Knaben, außerdem tat Åsbrand ihm leid, und er mochte es nicht so genau nehmen, wenn Halstein bei Ernte, Fischerei und Strandgut etwas mehr bekam, als ihm zustand.

Der Fluss Svartå floss durch Skomedal, und zwar tief unten in Schluchten und Klüften, weitete sich aber im Süden von Skomedal zu einem Kolk aus und ging von dort in einen Wasserfall über. Dort, am Hang beim Wasserfall, hatte Ljot seine besten Äcker, auf denen Getreide reifen konnte. Im Tal fiel nicht viel Regen, da die Berge den Weg versperrten, so kam Ljot auf die Idee, im Fluss einen Damm zu bauen, um Äcker und Weiden bewässern zu können. Im Jahr darauf machte er sich vor der Frühlingsflut an die Arbeit. Halstein wurde wütend und meinte, damit würden die Menschen auf Svartåbakke gewaltigen Schaden erleiden. Er zog umher und erzählte allen, was Ljot ihnen antat. Das wurde Ljot zugetragen, aber der lachte nur und sagte, der Junge müsse eben so reden, wie sein Verstand es gestattete.

Als sie eines Tages beim Damm an der Arbeit waren, kam Halstein auf Ljot zu und forderte ihn auf, von seinem Plan abzulassen; er wolle die Sache vor das Ting bringen, und dann werde sich schon zeigen, dass Ljot nicht einfach die Höfe armer Leute ruinieren dürfe.

»Ja, geh du nur zum Ting, Halstein«, sagte Ljot und lachte. »Dein Vater hat wohl verstanden, dass ihm dieser Damm nicht weniger nützt als mir, denn nun kann er mein Wasser benutzen, wenn er es braucht. Aber geh jetzt lieber, denn ich hab nicht genug Zeit, um hier herumzustehen und mir dir zu reden.«

»Du reißt den Schnabel weit auf, Ljot Gissurssohn«, gab Halstein zurück. »Du bist ja der größte Mann hier in der Gegend. Aber du wirst schon sehen, dass ich Verwandte habe, die sich dieser Sache annehmen können, und sie sind vielleicht ebenso gut wie du.«

»Ach was?«, fragte Ljot und lachte wieder. »Ja, dann mach dich zu ihnen auf den Weg, Halstein, und grüß sie von mir, es wird mir eine Freude sein, sie kennenzulernen.«

Leikny war dazugekommen, sie hatte im Kolk ein Wollgewebe gewaschen. Sie sagte:

»Åsbrand war schon oft glücklich darüber, dass Ljot großzügig ist und nicht so genau hinschaut – zuletzt jetzt im Herbst, als wir die Schafe aus den Bergen geholt haben.«

Halstein lief feuerrot an und rief:

»Nennst du uns Diebe, Leikny?«

»Nein«, antwortete Leikny. »Ich erinnere mich gut, dass Ljot die Schafe geholt hat, die du nicht finden konntest, und dass er sie so aufgeteilt hat, dass du damals mit dem größten Mann in der Gegend sehr zufrieden warst.«

Nun sagte Halstein:

»Es ist schön, Leikny, dass du mit deinem Mann so zufrieden bist – schließlich wolltest du ihn ja unbedingt haben.«

Leikny wollte etwas erwidern, aber Ljot schaltete sich ein:

»Hör doch nicht mehr auf den Knaben – und wir haben auch keine Zeit, länger mit ihm zu reden, also, Halstein, mach jetzt, dass du wegkommst.«

Halstein setzte sich in Bewegung, drehte sich nach einigen Schritten aber um und rief:

»Gut verheiratet bist du immerhin, Ljot, und es war sicher ein Trost für dich, dass du die da gekriegt hast – ich habe ja gehört, wie du dich in Nidaros vor der jungen Norwegerin aufgeführt hast, die so wenig von deiner Männlichkeit hielt, dass sie vor deiner Nase einen anderen genommen hat!«

Nun schrie Ljot auf; er riss einen Speer an sich, der auf dem Boden gelegen hatte, und warf ihn hinter Halstein her. Der Speer traf Halstein im Auge, und der Junge sank tot zu Boden.

Ljot schickte einen Knecht nach Svartåbakke, um den Mord zu melden, danach ging er nach Hause. Leikny folgte ihm. Später an diesem Tag fragte sie:

»Wovon hat Halstein da gesprochen – von einer Norwegerin?«

»Ach, das ist eine alte Geschichte, die kann dir egal sein«, sagte Ljot. »Und ich bitte dich, sie nicht mehr zu erwähnen, ich bringe es nicht über mich, darüber zu sprechen.«

XXXI

Åsbrand geriet außer sich, als er von Halsteins Tod erfuhr, vor Trauer und Angst verlor er schier den Verstand. Er war felsenfest davon überzeugt, dass Ljot sein Verderben plante, durch den Damm und alles andere; als Ljot am nächsten Tag nach Svartåbakke kam, war Åsbrand bereits aufgebrochen, um die Beinessöhne, die entfernt mit seiner Frau verwandt waren, um Rat zu bitten. Odd meinte, dass Ljot sicher niemand sei, der für einen Mord Buße zahle, wahrscheinlicher sei es, dass er das Übelste im Sinn habe. Aber, meinte Odd, er könnte Ljot schon bessere Manieren beibringen, und da er ein gesetzeskundiger Mann war und viele Freunde hatte, wollte er den Fall vor dem Ting vertreten. Åsbrand blieb bei Odd, bis es Zeit war, sich zum Ting aufzumachen.

Ljot wollte ebenfalls zum Allting, und Leikny wollte ihn begleiten, obwohl er sie bat, zu Hause zu bleiben. Sie war nämlich schwanger, und es war eine weite, beschwerliche Reise. Aber Leikny weinte und flehte und sagte, sie werde zu Hause keine Ruhe finden, solange sie nicht wüsste, wie das mit Odd verlaufen sei, und am Ende durfte sie mitkommen. Sie nahmen auch ihren Sohn mit, er hieß Lyting und war zwei Jahre alt. Sie kamen deshalb nur langsam voran und trafen einige Tage zu spät beim Ting ein. Sie ließen sich bei Veterlide nieder, der dort eine Hütte hatte. Er war mit Gudrun beim Allting.

Am Tag nach Ljots Eintreffen trieb sich der alte Åsbrand allein zwischen den Hütten herum. Dort traf er Gjest Oddleivssohn und kam mit ihm ins Gespräch. Er erzählte, wer er war und was er mit Ljot abzumachen hatte. Da sagte Gjest:

»Ich habe gehört, dass Ljot zunächst bereit dazu war, eine Geldbuße für Halstein zu zahlen, aber jetzt ist er starrköpfig und will Odd nicht nachgeben.«

Sie sprachen eine Weile darüber, dann ging Gjest weiter. Åsbrand trieb sich weiter herum und dachte nach, nun hatte er Angst, Odd könnte seine Sache ruinieren. Also kam er auf die Idee, zu Veterlides Hütte zu gehen und unter vier Augen mit Ljot zu sprechen, und er machte sich auf den Weg.

Die anderen waren gerade aufgestanden. Ljot und Veterlide aßen zusammen mit einigen Bekannten, die vorbeigekommen waren; auch Gudrun und Leikny waren dabei. Åsbrand bereute es sofort und wollte umkehren, als Ljot hinter ihm herrief:

»Wo hast du denn deine Helfer gelassen, Åsbrand – oder hat Odd deinen Fall schon satt und hat sich zurückgezogen?«

Åsbrand stammelte etwas, aber am Ende brachte er heraus, dass er Ljot unter vier Augen habe fragen wollen, ob der bereit wäre, für Halstein Buße zu zahlen. Dann brach er in Tränen aus.

Ljot erwiderte:

»Obwohl Halstein mich immer wieder herausgefordert hat, solange wir Nachbarn waren, und niemand überrascht sein kann, dass ich am Ende wütend auf ihn geworden bin, bereue ich diesen Mord, denn er war die beste Hilfe, die du hattest, und du bist arm und alt. Deshalb wollte ich dir die volle Geldbuße zahlen. Und wenn du dieses Angebot hier und jetzt annimmst, stehe ich zu meinem Wort. Aber wenn du dich mit Odd beraten willst, wird dir das wohl nicht viel einbringen, denn ihm werde ich mich nicht beugen. Wenn du dich mit mir vergleichst, dann helfe ich dir mit Leuten und allem, was du auf deinem Hof vielleicht brauchst, und es soll nicht dein Schaden sein und auch nicht der deiner Kinder. Mach also, was du willst, aber vergiss nicht, du bist der Erste, dem ich jemals eine Geldbuße angeboten habe.«

Åsbrand nahm das Angebot sofort an, und Veterlide legte die Buße für Ljot in Silber aus. Zum Abschied schenkte Veterlide Åsbrand einen silbernen Gürtel, und der Alte ging sehr zufrieden nach Hause. Odd dagegen geriet in Zorn, als er davon hörte, und warf Åsbrand mit vielen bösen Worten aus dem Haus.

Es gab allerlei Gerede über diese Sache, und es hieß, Viga-Ljot sei in letzter Zeit seltsam zahm geworden. Aber Leikny lobte Ljots Großmut vor allen, die sich das anhören mochten – der arme Alte, der ihm nichts entgegenzusetzen hatte, war der Erste, mit dem Ljot sich je verglichen hatte. Doch die anderen lachten über sie und meinten, Ljot könne tun und lassen, was er wolle, seine Frau werde immer zufrieden sein.

XXXII

Nach dem Allting reisten Ljot und Leikny mit nach Holtar und blieben eine Weile dort. Eines Tages ritt Ljot aus, um sich einige Pferde anzusehen, die Veterlide dort weiden ließ, und ihm begegnete Odd Beinessohn, der mit einem anderen Mann unterwegs war. Odd grüßte Ljot und sagte:

»Da wir denselben Weg haben, können wir doch zusammenreiten – jetzt, da du dich mit Åsbrand verglichen hast, diesem alten Knacker, müssten wir beide doch auch Freunde sein können.«

Ljot sagte nur, sie könnten gern zusammenreiten, da der andere offenbar Lust dazu hatte. Odd fragte jetzt nach den Leuten auf Holtar und dann nach Leikny. Ljot antwortete, allen gehe es gut.

Sie hatten die Weide erreicht und sahen sich die Pferde an, dann ritten sie zurück ins Tal. Odd redete lange und in freundlichem Ton, Ljot antwortete wenig. Am Ende stiegen sie ab und setzten sich, um ihren mitgebrachten Proviant zu verzehren. Als sie dort saßen, sagte Odd:

»Ich wüsste ja gern, was zwischen dir und Halstein passiert ist, Ljot, wo du doch so ein umgänglicher und friedlicher Mann bist – stimmt das Gerücht, dass es um diese alte Heiratsgeschichte ging, über die du nie reden willst?«

»Da du offenbar so wahnsinnig gern mit mir befreundet

sein willst«, antwortete Ljot, »wäre es ratsam, wenn du dieser Sache nicht weiter nachgingest. Oder bist du es vielleicht, der im ganzen Land mit allen darüber spricht?«

»Ich habe es von denen gehört, die dir in Nidaros begegnet sind, damals, als du dort einem Mädchen hinterhergeweint hast – und der alte Åsbrand war es, der am Ende ihre Mitgift bekommen hat.« Ljot sprang auf und packte seine Axt; Odd fuhr ebenfalls hoch und hob seinen Schild, gleichzeitig verteidigte er sich mit dem Speer.

»Ja, für deine Verwandten ist nichts übrig geblieben«, sagte Ljot und hieb den Speerschaft in der Mitte durch. »Aber ich kann mich ja ein wenig mit dir vergnügen, wenn du so danach verlangst.« Damit spaltete er den Schild des anderen, seine Axt versank tief in dessen Schulter, und Odd sank tödlich getroffen zu Boden.

Der Knecht, der Odd begleitet hatte, war ziemlich jung und ängstlich, er ergriff sofort die Flucht. Ljot ritt zurück nach Holtar und erzählte, was geschehen war. Veterlide fragte, was er nun vorhabe. Nichts, sagte Ljot, aber er glaubte, die, die Odds Nachruf weitertragen sollten, würden keine große Freude daran haben.

Veterlide verließ nach einer Weile die Stube. Nun war Ljot dort mit Leikny allein, nur die beiden kleinen Jungen, Atle und Lyting, spielten bei der Bank. Ljot ließ sich auf das Bett fallen; Leikny räumte alles auf, was im Raum umherlag. Dabei fragte sie ihn nach Odds Tod aus, aber sie bekam nur kurze Antworten. Deshalb sagte sie:

»Ich finde doch, du könntest mir sagen, was ihr für Worte gewechselt habt, die dazu geführt haben.«

»Ach, es war nichts Großes«, sagte Ljot. »Es ist wohl so, dass Odd Streit mit mir gesucht hat, seit wir zwei zusammengekommen sind.«

»Aber ihr habt sicher nicht über mich geredet«, sagte Leikny kurz.

»Nein«, sagte er. »Aber er hatte wohl dich gewollt, dieser Odd.«

Leikny ging hinüber und setzte sich auf die Bettkante, sie sah Ljot an und sagte: »Ich glaube, bei dir war das nicht so, Ljot.«

Ljot rutschte auf dem Bett ein wenig zur Seite. Er wollte antworten, aber nun legte sie ihm die Hand auf die Brust und sprach weiter:

»Das weiß ich immerhin, dass es nicht an mir liegt, dass du so schweigsam und verschlossen geworden bist seit deiner Rückkehr aus Norwegen und dass du nicht Tag und Nacht an mich denkst. Aber ich weiß nichts über deinen Kummer oder darüber, was zwischen Odd und dir oder zwischen dir und irgendeinem anderen Menschen überhaupt geschehen ist.«

Er erwiderte:

»Ich möchte doch, dass du mit deiner Ehe zufrieden bist, Leikny, und deshalb habe ich immer versucht, deine Wünsche zu erfüllen. Aber wenn ich einen Kummer hätte, den ich vor allen versteckte, hätte ich wohl am schlimmsten darunter zu leiden, und dann könntest du mich in Ruhe lassen.«

Als sie gerade antworten wollte, fiel ihr Blick auf den Umhang, den Vigdis für Veterlide genäht hatte. Sie riss ihn an sich, schleuderte ihn auf den Boden und rief:

»Zehnmal mehr denkst du an diese Norwegerin, von der es heißt, dass sie dich abgewiesen hat, als an mich, die immer nur versucht hat, dir so viel Gutes zu tun, wie sie nur konnte.«

Ljot sprang auf und wollte den Umhang packen, doch Leikny stürzte davon und wollte ihn ins Feuer werfen. Er rannte hinterher und wollte ihn ihr entreißen, doch sie hielt ihn mit beiden Händen fest. Nun legte er einen Arm um sie und um ihre Handgelenke, und er drückte so fest zu, dass sie aufschrie, doch den Umhang konnte er ihr erst wegnehmen, als er ihr mit der Faust auf die Hände schlug. Nun warf sie sich zu Boden und weinte, Ljot aber nahm den Umhang und ging.

Leikny setzte sich auf die Türschwelle, sie schlug die Hände vor die Augen und merkte nicht, dass irgendwann ihre Mutter kam. Gudrun fragte, was passiert sei; Leikny antwortete, nichts sei passiert, aber Atle kroch über die Türschwelle und sagte:

»Die Frau weint, weil ihr Mann sie geschlagen hat – er hat sie so schrecklich geschlagen, so schrecklich, hinten beim Feuer.«

»Das stimmt nicht«, sagte Leikny rasch. Aber Gudrun ging ins Haus und fand Lyting weinend auf dem Boden, weil der Vater so böse zu der Mutter gewesen war. Gudrun wurde wütend und beschimpfte Ljot aufs Schärfste.

»Das musste mein erster Mann, Egil, lernen, dass er nicht Hand an mich legen durfte«, sagte sie, »Denn dann habe ich den Hof verlassen, und er verlor das Leben, als er mir mein Heiratsgut nicht herausgeben wollte. Die danach waren klug genug, es nicht so zu machen, Lyting, als er noch lebte, und Veterlide.«

»Sei jetzt still, Mutter«, sagte Leikny. »Ljot hat mich nicht geschlagen – er hat mich nur über den Boden gezerrt, und ich hatte doch den Streit mit ihm angefangen.«

In diesem Moment kam Ljot aus dem Haus. Er hörte nicht alles, was Gudrun sagte, beugte sich aber über Leikny und sagte:

»Ich habe dich schlecht behandelt, meine Leikny – und du hast die Wahrheit gesagt – immer hast du versucht, mir so viel Gutes zu tun, wie du nur konntest.«

Leikny brach wieder in Tränen aus, sie schlug sich ihr Tuch vor das Gesicht, sprang auf und lief ins Haus. Ljot folgte ihr. Bald kamen sie wieder heraus, aber nun weinte

Leikny nicht mehr, sie schmiegte sich an Ljot und sah froh aus.

Am nächsten Tag traten sie die Heimreise an. Sie hatten länger bleiben wollen, und Gudrun hätte ihre Tochter gern bis nach der Niederkunft bei sich behalten – Gudrun meinte, es könnte sich in vieler Hinsicht empfehlen, wenn Ljot einige Zeit ohne seine Frau verbringen müsste. Aber nun wollten beide plötzlich zurück nach Skomedal. Veterlide und Gudrun boten an, Lyting zusammen mit ihrem eigenen Sohn Atle aufzuziehen, der etwas mehr als ein Jahr älter war. Dieses Angebot nahmen Ljot und Leikny an. Danach brachen sie auf.

Unterwegs vertrugen sie sich sehr gut. Aber dann kam der letzte Tag, sie ritten durch eine Bergschlucht abwärts. Ihr Gesinde ritt voran, Ljot führte Leiknys Pferd durch die Felsspalte, sein eigenes ging hinterher. Es war kaltes, graues Wetter, und ab und zu wurde der Schnee ihnen ins Gesicht geschleudert. Als sie noch auf diese Weise unterwegs sind, sagte sie zu ihm:

»Ich habe die ganze Zeit darüber nachgedacht, was du auf Holtar gesagt hast. Aber wenn es so wäre, wie du gesagt hast, dass es dich vor allem traurig macht, dass du von diesen Leuten abgewiesen worden bist, dann müsstest du dich doch damit trösten können, dass wir selbst mit dir ins Geschäft kommen wollten – es galt als gute Heirat, und viele hatten sich um das beworben, was du bekommen hast.«

»Es ist ja nicht so, dass es mich traurig macht«, erwiderte er. »Aber du kannst dir doch vorstellen, dass ich wütend darüber bin, dass die Beinessöhne und ihre Freunde diesen Klatsch herumtragen.«

»Ich verstehe nicht«, sagte sie nach einer Weile, »warum dir der Umhang so wichtig ist, wenn du nicht mehr an sie denkst, die ihn genäht hat.«

»Ach, den trag ich eben gern«, sagte er.

Jetzt wurde der Schnee ihnen entgegengeweht, und sie schwiegen eine Weile. Als sich das Schneegestöber ein wenig gelegt hatte, fragte Leikny:

»War sie schöner als ich, diese Norwegerin?«

»Nein«, antwortete er und starrte in den Schnee. »Die meisten würden dich wohl schöner finden.«

»War sie denn reicher als ich?«, fragte nun Leikny.

»Ach, das war wohl so ungefähr gleich«, antwortete Ljot und starrte noch immer in den Schnee.

»Aber du hast sie trotzdem lieber gehabt«, sagte Leikny unglücklich. »In welcher Hinsicht war sie denn besser als ich?«

»Ach, wenn überhaupt, dann wohl, weil sie mir viel weniger Fragen gestellt hat als du«, sagte Ljot und lachte ein bisschen.

Leikny beugte sich vor, um ihn anzusehen – und sein Gesicht war so grau wie die Felsbrocken auf der Hochebene. Jetzt dauerte es sehr lange, ehe sie wieder etwas sagten.

Das Schneegestöber legte sich, als sie die Geröllhalde hinter sich gebracht hatten. Jetzt lag eine lange, weite Ebene mit Torfmooren vor ihnen. Ljot gab Leikny die Zügel zurück und wollte gerade auf sein Pferd springen. Aber nun sagte Leikny leise:

»Jetzt wird diese Sache zwischen uns beigelegt, das verspreche ich dir, aber ich bitte dich um eins, nämlich, dass du mir ihren Namen nennst.«

Ljot lehnte sich an sein Pferd, und lange sagte er nichts, sondern schaute an seiner Frau vorbei. Am Ende flüsterte er: »Vigdis.«

Danach stieg er auf sein Pferd. Und nun ritten sie lange wortlos nebeneinander her. Leikny war still und traurig, als sie nach Hause kamen. Erst später im Herbst ging es ihr besser, als sie einen Sohn zur Welt brachte. Ljot übergoss den Jungen mit Wasser und nannte ihn Gissur. Danach wurde Leikny langsam wieder sie selbst.

XXXIII

Im folgenden Herbst, als sie in Skomedal die Schafe heimholten, fehlten einige Hammel. Ljot machte sich mit einem seiner Leibeigenen auf die Suche.

Am dritten Tag, als Leikny auf dem Hofplatz stand, kam der Leibeigene mit den Schafen zurück. Leikny fragte, wo Ljot geblieben sei. Der Mann erwiderte, Ljot sei auf der Alm geblieben und wolle dort das Vorratshaus und die Wände ausbessern.

Leikny schaute bergauf. Es war klares, schönes Wetter, und die Sonne schien auf den Neuschnee oben am Hang. Nach einiger Zeit sagte sie zu ihrem Gesinde, es wäre wohl das Beste, wenn sie auch zur Alm hochginge – da Ljot das Vorratshaus ausbessern wolle, gebe es vieles, was sie dort auch gleich in Ordnung bringen könnte, und darüber wolle sie lieber mit ihm selbst sprechen.

Die anderen lächelten verstohlen, als sie das sagte, aber Leikny redete noch eine Weile weiter, und am Ende hatte sie fast das Gefühl, aufbrechen zu müssen. Doch sie sollten sich nicht die Mühe machen, sie zu begleiten; sie hatte einen alten Leibeigenen, der seit ihrer Kindheit bei ihr war und der ihr wie ein Hund folgte, den wollte sie mitnehmen, und so zogen sie los.

Sie erreichten das Vorratshaus kurz vor Sonnenuntergang, von Ljot aber war nichts zu sehen. Sie sahen allerdings, dass er an diesem Tag noch Torf gestochen hatte und dass Spaten und Hacke an der Wand lehnten. Sie gingen hinein, in der Herdstätte war noch Glut.

Die Almhütte war aus Steinen gebaut und von außen mit Torfsoden verkleidet, innen zog sich eine Bank an den Wänden entlang, auch diese war aus Stein und Torf. Sie war so breit, dass zwei Menschen nebeneinanderliegen konnten, ein Lager war vorbereitet, und zum Schutz gegen Rauch und Durchzug war eine Latte aufgestellt und mit Fellen und Decken behängt worden.

Leikny wartete eine Weile, aber Ljot kam nicht. Sie sagte dem Leibeigenen, er könne im Stall schlafen. Und da es kalt war und sie fand, es gebe so wenig Brennmaterial, wollte sie das Feuer nicht schüren, ehe ihr Mann kam, und so legte sie sich ins Bett und zog eine dicke Decke über sich. Sie schlief sofort ein.

Irgendwann in der Nacht wurde sie von Stimmen geweckt. Sie schaute zwischen den Decken hindurch und sah, dass das Feuer jetzt loderte. Ljot saß ihr gegenüber auf der Bank, aber es war noch ein Mann im Haus, und als er etwas sagte, erkannte sie ihren Stiefvater. Er sagte:

»Mir kommt es unklug vor, Verwandter, dass du hier oben so ganz allein bist, jetzt, wo du mit Sigurd Beinessohn und seinen Verwandten aneinandergeraten bist. Es wäre für Leikny hart und bitter, dich zu verlieren, und deine Söhne sind noch so klein.«

Ljot lehnte den Kopf an die Wand, er erwiderte:

»Diese Leute sind es mir nicht wert, ihretwegen nur in großer Begleitung loszuziehen. Und ich weiß, nicht sie werden mein Verderben sein. Ich weiß einen Menschen, der mir den schlimmsten Tod wünscht – aber ich glaube, wir müssen dazu erst zusammenkommen. Und dann wird es mir ziemlich egal sein, was passiert.«

»Wovon redest du?«, fragte Veterlide. Aber Ljot gab darauf keine Antwort. Nach einer Weile sagte er stattdessen:

»Es wäre besser für Leikny, so jung schon Witwe zu werden, damit sie sich noch einmal trösten kann.«

»Dann kennst du sie wenig«, widersprach Veterlide. »Ich kann mir nicht vorstellen, dass sie nach dir noch einen Mann nehmen würde, so sehr ehrt sie die, die sie liebt.«

Ljot blieb unverändert sitzen und schwieg. Veterlide ergriff wieder das Wort:

»Dir muss doch klar sein, dass du so eine Frau, wie du sie jetzt hast, nicht wieder finden wirst, und wenn du um die ganze Welt reistest.«

»Das stimmt«, antwortete Ljot. »Aber ich liebe den schwarzen Fleck, den sie zwischen den Brüsten hatte, mehr als Leiknys ganze Schönheit. Ich habe sie mehr geliebt, als sie mit dem Messer auf meine Kehle zielte, als ich Leikny liebe, wenn sie die Arme um meinen Hals legt. Ich war weniger traurig, als ich im Wintersturm durch das Dovregebirge reiten musste und an ihre Verwünschungen dachte, als bei meinem Ritt nach Skomedal, an dessen Ende mich Leikny in unserer Tür mit freundlichen Worten erwartete. Ich würde mich lieber von den Pranken eines Eisbären zerquetschen lassen als daran erinnert werden, dass sie jetzt auf Kåres Schoß sitzt.«

Nun sagte Veterlide voller Wut:

»Du hast dich in eine üble Lage gebracht, Verwandter – aber das Schlimmste ist, dass du nicht darüber gesprochen hast, ehe du um deine Frau geworben hast.«

»Ja«, erwiderte Ljot. »Aber da dachte ich, ich würde sie wohl irgendwann vergessen, wenn ich eine andere heiratete. Doch jetzt sehe ich, das Schlimmste, was ich ihr angetan habe, wurde für mich noch schlimmer, denn jetzt werde ich bis an mein Lebensende trauern, weil ich die lichte Maid besessen und sie verloren habe.«

»Jetzt fürchte ich«, sagte Veterlide, »dass du Gunnar für seine Gastfreundschaft schlecht belohnt hast.«

»Schlechter, als du glaubst«, erwiderte Ljot. »Es war der schönste Moment meines Lebens, als Vigdis und ich zusammen bei der Opferstätte Beeren aßen – damals war ich glücklicher als an dem Tag, an dem ich, als Knabe, unterhalb des Hauketind den Mörder meines Vaters erschlagen habe. Aber als sie von unserer letzten Begegnung nach Hause ging, ist ihr der tiefste Schmerz zugefügt worden – und doch hat mir die Zeit gezeigt, dass mein Schmerz noch größer war.«

Veterlide sagte voller Zorn:

»Wenn du Gunnars Tochter vergewaltigt hast, hast du eine schlimmere Schandtat begangen, als ich dir jemals zugetraut hätte.«

Ljot lachte kurz und gab zurück:

»Vielleicht hätte ich es mir selbst auch nicht zugetraut.«

Veterlide sagte nun:

»Übel ist es, Verwandter …«, aber Ljot lachte abermals und sagte:

»Ja, gut ist es jedenfalls nicht.«

Danach schwiegen sie lange. Am Ende erhob sich Ljot und fing an, sich auszuziehen; er fragte, ob Veterlide sich nicht auch zur Ruhe begeben wolle. Leikny presste sich an die Wand, sie zitterte wie Espenlaub, schloss aber die Augen und versuchte, sich schlafend zu stellen.

Als Ljot sich ausgezogen hatte, schlug er die Decke zur Seite und wollte sich hinlegen, und nun entdeckte er sie. Er lief blutrot an und ließ die Decke los. Gleich darauf bückte er sich und nannte leise ihren Namen. Leikny gab keine Antwort, sie atmete nur tief, wie im festen Schlaf. Ljot drehte sich um und sagte:

»Ich mache dir ein Bett auf der Langbank, Verwandter, denn ich sehe, dass Leikny hergekommen ist.«

Veterlide stieß einen Laut aus, aber Ljot versuchte, ihn zu beruhigen: »Sie hat offenbar den ganzen Abend geschlafen.« Er bereitete ein Lager für Veterlide und sagte nichts. Dann ging er zum Bett und wollte sich neben Leikny legen und fragen, ob sie schlief; er legte ihr die Hand auf die Brust, da merkte er, wie sehr sie zitterte, und er spürte, dass ihr Herz schlug und zappelte wie ein Fisch im Netz.

Er legte sich nun hin und traute sich nicht, etwas zu sagen – deshalb schwieg er, und die ganze Nacht stellten beide sich schlafend und wussten doch, dass beide wach waren.

Gegen Morgen nickte er für einen Moment ein. Nun fing Leikny sehr leise an zu weinen, und am Ende weinte sie sich in den Schlaf. Als sie erwachte, waren die Männer schon aufgestanden und bereiteten eine morgendliche Mahlzeit vor. Sie zog sich rasch an und begrüßte die beiden. Veterlide fragte, wann sie gekommen sei und ob sie sie abends nicht gehört habe. Nun sprang Ljot auf und sagte, er müsse nach den Pferden sehen.

Leikny antwortete, sie sei gegen Abend gekommen, habe sich hingelegt, um auf ihren Mann zu warten, sei dann eingeschlafen und erst jetzt wieder aufgewacht, »aber wo warst du gestern Abend, Ljot, und was hat Veterlide hergeführt?«

Ljot sagte, er sei draußen gewesen, um nach seinem Werkzeug zu sehen, und er habe Veterlide im Osten in Gaglemyren getroffen: Veterlide sei unterwegs nach Skomedal gewesen, und seine Begleiter seien voraus zum Hof geritten. Ljot nahm zwei Schneehühner vom Türpfosten und bat Leikny, sie für die nächste Mahlzeit zu kochen. Das tat sie, und dabei erzählte sie Ljot von ihrem Vorhaben. Er versprach ihr, die benötigten Wandbretter anzubringen und alles so zu machen, wie sie es wollte. Danach ritten sie und Veterlide zum Hof hinab, um nach den Leuten zu sehen, die inzwischen angekommen waren.

Gegen Abend kam Ljot auf den Hof geritten. Leikny stand in der Tür, aber als sie ihn sah, lief sie rasch in die Webstube. Er folgte ihr und legte ihr die Hände auf die Schultern, sodass sie ihn ansehen musste; ihr liefen Tränen über das Gesicht. Nun küsste er sie und sagte:

»Ich weiß ja selbst, wie gut ich es haben könnte, wenn ich mich nur über deine Liebe freuen könnte – keine ist so gut wie du.«

Leikny erwiderte:

»Es ist nicht das Schlimmste, wie du glaubst, dass ich heute Nacht euer Gespräch gehört habe – für mich war es das Schlimmste, ihren Namen hier auf der Heide von dir zu hören.«

»Wie soll es mit uns nun weitergehen?«, fragte er. Leikny erwiderte:

»Das musst du entscheiden – von mir bekommst du, was du möchtest.«

Ljot blieb eine Weile mit abgewandtem Gesicht stehen. Dann küsste er sie noch einmal und ging.

XXXIV

Es heißt, die Zeit heilt alle Wunden, und auch hier war das nicht anders – als die Jahre vergingen, hatten die beiden so viele andere Dinge zu bedenken und konnten auch diesen Kummer ein wenig leichter ertragen. Ansonsten kamen sie gut miteinander aus und lebten in Eintracht. Sie blieben meistens auf ihrem Hof in Skomedal und ließen sich nur wenig unter Leuten sehen.

Ljot und Leikny hatten drei Kinder: Lyting war der Älteste, er wuchs bei seiner Großmutter auf Holtar auf, und dort starb er noch als Kind. Gissur und Steinvor hießen die anderen, und Steinvor war das Kind, das Ljot am meisten liebte. Diese beiden ertranken. Und das kam so:

An einem Frühlingsabend waren die Kinder von Skomedal zum Spielen draußen; einige Jungen, Söhne vom Hofgesinde, schossen mit Pfeil und Bogen auf Ziele. Gissur war auch bei ihnen. Er war damals fast sieben, Steinvor war vier. Sie spielte allein am Bach, der am Hofzaun entlang und hinab zum Svartå floss. Dieser Bach trocknete im Sommer aus, aber nun im Frühling führte er mehr Wasser, und die Jungen hatten Dämme gebaut, wie sie das zuvor im Fluss gesehen hatten. Es gab also einen Kolk, der an der tiefsten Stelle einem Mann bis ans Knie reichen konnte.

Steinvor spielte an dieser Stelle, redete mit sich selbst und sah die Abendsonne auf den kahlen Hang am gegenüberliegenden Ufer scheinen. Sie war so klein, dass sie sich nicht richtig an den Sommer erinnern konnte, aber sie stellte sich vor, dass an diesem Hang bestimmt Blumen wüchsen; deshalb watete sie bachaufwärts an einer seichten Stelle hinüber.

Dort an dem Hang in der Sonne fühlte sie sich wohl; sie trug Heidekraut und Steine zusammen und wollte sich einen Hof mit vielen Schafen und Kühen und Pferden bauen.

Nach einer Weile gingen die großen Jungen ins Haus, Gissur blieb draußen und schaute sich nach seiner Schwester um. Er watete zu ihr hinüber und wollte nachsehen, was sie dort trieb.

»Ach, das sind die Pferde, die ich nach Hause treiben wollte«, sagte sie und zeigte auf einen Haufen gelber Steine. »Kannst du mir nicht bei diesem Pferd helfen, es ist so wild, ich werde einfach nicht mit ihm fertig.« Und dann schleuderte sie den größten Stein den Hang hoch und lief hinterher.

Gissur wollte sofort mitspielen. Aber er fand, sie habe sich da einen armseligen Hof zugelegt.

»Jetzt fahre ich nach Norwegen«, sagte er, »und kaufe uns Bauholz.« Er fand einen ihrer Schuhe, belud ihn mit trockenen Weidenzweigen und ließ ihn über den Kolk segeln. Nun bauten sie sich einen prachtvollen Hof; doch als sie fertig waren, war die Sonne längst untergegangen, und die Kinder waren nass und kalt, also wollten sie zum Essen nach Hause laufen. Steinvors Schuh war verschwunden, und sie jammerte, weil sie in das kalte Wasser treten musste.

»Ich trag dich hinüber, Schwester«, sagte der Junge. Er hob sie hoch und watete durch den Bach.

»Schau mal, da oben kommt Vater«, rief Steinvor, und beide schauten auf und winkten ihm zu. Aber unter Wasser gab es eine Eisscholle, und nun rutschte Gissur aus und beide fielen ins Wasser.

Ljot kam durch das Viehgehege am anderen Ufer geritten, er sah die Kinder und winkte zurück. Als er sie stürzen und nicht wieder aufstehen sah, sprang er vom Pferd und rannte durch die Geröllhalde, im Svartå wäre er fast von der Strömung erfasst worden, aber er erreichte das andere Ufer und stürzte den Hang zum Bach hoch. Die Kinder lagen ganz still im Kolk. Er hob sie auf, nun sah er, dass Gissur mit der Schläfe auf einen Stein aufgeschlagen war und dass er seine Schwester so fest an sich gepresst hatte, dass sie unter ihm lag, und dass sie beide ertrunken waren.

Ljot wusste sofort, dass die Kinder tot waren, aber er lief doch mit ihnen ins Haus und befahl, warme Felle zu bringen und Milch heiß zu machen.

Leikny wurde totenbleich, als sie die Kinder sah, aber sie sagte, so schlimm könne es doch nicht sein, sicher würden sie bald wieder zu sich kommen. Doch was sie auch versuchten, die beiden Kleinen waren und blieben tot. Endlich setzte sich Ljot an die Feuerstätte und stützte das Kinn in die Hände, Leikny aber wollte nicht aufgeben, sie versuchte weiterhin, den Kindern Milch einzuflößen und sie mit Wolltüchern abzureiben, obwohl alle anderen sagten, es habe keinen Zweck mehr.

Am Ende nahm sie die beiden kleinen Leichname in die Arme, sie schrie:

»Ich werde sie schon zum Leben bringen – ich werde mich auf sie legen und brüten, bis sie zum Leben erwachen!«

Sie warf sich auf dem Bett über die Kinder und blies ihnen Atem in den Mund. Ljot erhob sich, ging zu ihr und legte den Arm um sie:

»Lass sie jetzt ruhen«, sagte er. »So etwas darfst du nicht mit Toten machen.«

Nun riss sie sich los und schrie und schrie, sie riss sich das Tuch vom Kopf und raufte sich die Haare – und dann wollte sie aus dem Haus stürzen und ebenfalls ins Wasser gehen. Aber Ljot hob sie auf und trug sie zu ihrem Bett, er musste Gewalt anwenden, um sie auszuziehen und sie hinzulegen, die ganze Nacht saß er bei ihr und hielt sie fest. Er glaubte fast, sie werde den Verstand verlieren.

Aber gegen Morgen wurde sie ruhiger, sie stand auf und war an diesem Tag still und weinte nicht mehr viel, aber sie sah aus wie eine, die von ihrem Sterbebett auferstanden ist.

XXXV

Es war eine traurige Zeit in Skomedal, bis das Allting näher rückte. Ljot hatte dort zu tun und wollte Leikny mitnehmen, aber sie sagte, sie habe nicht die Kraft dazu, er solle allein reisen.

Als er nach Hause kam, sagte Leikny am ersten Abend, sie habe einige Nächte in der Weberhütte verbracht, und sie bat ihn, sie noch einige Zeit dort schlafen zu lassen. Ljot erwiderte, wenn das ihr Wunsch sei, solle es so sein.

Der Sommer ging dem Ende entgegen, und Leikny hielt sich noch immer in der Weberhütte auf und verbrachte die Nächte dort; sie kümmerte sich nicht mehr um den Haushalt, sondern machte sich allein in der Hütte zu schaffen und tat nichts. Jeden Abend ging sie zu der Kapelle, die Ljot in der Nähe des Hofes hatte bauen lassen, und betete bis spät in die Nacht.

Doch eines Abends, als sie gerade losgehen wollte, kam Ljot in die Weberstube und bat sie, noch zu warten: »Leikny, wann hast du vor, wieder zu mir nach Hause zu ziehen?«

Leikny gab keine Antwort, und nun sagte er:

»Ich glaube nicht, dass es für dich oder mich leichter wird, wenn wir unsere Trauer allein tragen – komm lieber zu uns anderen und kümmere dich um dein Haus – vielleicht wird es dann auch leichter für dich.«

»Ich bringe es nicht über mich, mich dort an die Arbeit zu machen«, sagte sie. »Ich habe dort immer das Gefühl, etwas vergessen zu haben – und wenn ich überlege, was es sein könnte, wird mir klar, dass es meine Kinder sind, die mich nicht mehr brauchen.«

Ljot erwiderte:

»Wenn du lieber deine Mutter besuchen möchtest – dann bringe ich dich hin.«

Leikny sagte langsam:

»Eins wäre mir am liebsten – wenn du mir das erlaubtest, was ich mir am meisten wünsche.«

»Ich werde dir nichts verweigern, egal worum du mich bittest«, sagte er.

»Dann will ich nicht mehr deine Frau sein«, sagte Leikny. »Erlaube mir, von hier wegzugehen und ein reines Leben zu führen und zu fasten, wie andere Frauen das tun – in christlichen Ländern.«

Ljot runzelte die Stirn und sagte:

»Ich weiß, dass du es hier bei mir nicht allzu gut gehabt hast – und ich hätte dich nie nach Skomedal geholt, wenn ich gewusst hätte, dass es so kommen würde. Aber einmal habe ich dich gefragt, wie es mit uns weitergehen sollte, und da hast du dich dafür entschieden, trotz allem bei mir zu bleiben. Und seither habe ich versucht, alles so gut für dich zu machen, wie ich nur konnte, und seit jenem Tag ist kein böses Wort zwischen uns gefallen, und seit diesem einen Mal habe ich nie wieder Hand an dich gelegt. Über alles hier hast du ebenso bestimmt wie ich, und ich habe mich niemals in deine Angelegenheiten eingemischt. Ich habe auch nicht mit anderen Frauen gescherzt, und ich habe mit keiner außer dir ein Kind.«

»Mit mir hast du auch kein Kind«, erwiderte Leikny. Sie schlug die Hände vors Gesicht und weinte.

»Deshalb trauere ich jetzt ebenso wie du«, sagte er. »Und deshalb verstehe ich nicht, dass du nicht mehr mit mir zusammenleben willst.«

Leikny richtete sich auf und antwortete:

»Du musst dich von mir lossagen – mit der Begründung, dass ich das Zusammenleben mit dir verweigere. Dann kannst du eine andere heiraten und dieses Ödland hier verlassen – ich habe dich an keinem einzigen Tag in all den Jahren, in denen wir hier zusammengelebt haben, froh gesehen.«

Nun fragte Ljot langsam:

»Sag mir die Wahrheit, Leikny, stimmt es, dass du dich von hier fortsehnst und es dir am liebsten wäre, wenn ich nie wieder zu dir ins Bett käme?«

Er zog sie auf seinen Schoß, als er das sagte, und jetzt zitterte sie so sehr, dass sie nicht antworten konnte. Er sagte:

»Du hast einmal gesagt, dass du dich meinem Willen immer fügen würdest.«

Leikny schmiegte ihr Gesicht in seine Hand und antwortete unter Tränen:

»Ich dachte, du würdest mich am liebsten verlassen.«

Ljot beugte sich über sie und sagte:

»Das ist jetzt lange her, Leikny – damals wusste ich nicht, dass ich ohne dich nicht leben könnte.«

An diesem Abend ging Leikny mit ihm in die Stube und saß wie früher als Hausfrau am Tisch. Niemand hörte je wieder von ihrem Wunsch, Nonne zu werden, und sie und Ljot lebten in tiefer Liebe und Eintracht miteinander. Aber sie trauerte weiter um ihre Kinder, auch wenn sie nicht darüber sprach.

Eines Abends waren sie alle in der Sauna gewesen, und Leikny trug die Haare offen, um sie zu trocknen. Ljot ging zu ihr, hob die Haare mit den Händen hoch und sagte:

»Ich glaube, dein Haar ist noch heller und schöner als früher, Leikny.«

Sie lief feuerrot an und zog schnell ihren Kopf zurück. Jetzt sah Ljot, dass ihr Haar ebenso viel Grau enthielt wie Blond und dass es an den Schläfen ganz weiß war.

XXXVI

Nun verging ein Jahr, und schließlich fiel Ljot auf, dass Leikny nachts oft weinte. Er fragte sie liebevoll, was sie quäle, aber das wollte sie ihm nicht sagen. Einmal meinte er:

»Du wirst wohl erst wieder froh sein können, wenn das Kind, das du erwartest, geboren ist.« Aber da weinte sie noch mehr.

Eines Tages kam er ins Vorratshaus: Leikny lag dort auf den Knien und räumte eine große Truhe auf. Ljot bat sie, sich zu schonen, denn er hielt das nicht für nötig.

»Doch«, antwortete sie. »Ich will das Haus geordnet hinterlassen, ich muss jetzt tun, was ich kann.«

»Sag so etwas nicht«, sagte Ljot und rang sich ein Lachen ab. »Glaubst du vielleicht, dass du sterben wirst?«

Er brachte sie dazu, sich zu ihm auf die Truhe zu setzen. Nun sagte sie:

»Jeden Tag laufen sie über den Boden, Gissur und Steinvor, sie wollen zu uns ins Bett, und sie sind triefnass. Und sie wollen, dass ich zu ihnen komme, ich soll mich zu ihnen legen und sie in den Arm nehmen. Ich sage zu ihnen, wegen dieses Kindes kann ich das nicht. Doch dann antworten sie, wenn unser Bruder erst geboren ist, dann musst du zu uns kommen, Mutter, und uns ein bisschen wärmen, denn das hast du versprochen.«

»Das war doch nur ein Traum«, sagte Ljot. »Du weißt

schließlich, dass sie bei unserem Herrn sind, unsere Kinder, nur Heiden gehen um, aber unsere Kinder waren getauft, und sie liegen in geweihter Erde. Also sag so etwas nicht und schlag es dir aus dem Kopf«, bat er.

»Ich sehe sie so deutlich, wie ich jetzt dich sehe«, erwiderte sie. »Sie waren hier und haben mich angefasst, sie waren so kalt, dass ich bis ins Mark erstarrt bin.«

»Ach, das ist der Wind«, sagte Ljot und nahm sie auf den Schoß. »Ich werde jetzt die Wand hinter dem Bett ausbessern. Aber du darfst nicht über das Sterben sprechen – den Kindern geht es gut, da, wo sie jetzt sind, und ich brauche dich mehr, als sie es tun.«

Kurz darauf brachte Leikny einen Jungen zur Welt. Ljot fragte die Hebammen die ganze Zeit, wie es ging, aber sie antworteten, alles gehe so gut, wie das möglich sei. Als das Kind geboren war und sie es seinem Vater brachten, sah es so elend aus, dass sie Ljot rieten, es auszusetzen, »denn aus dem wird doch nie ein Mann, sondern nur ein erbärmlicher Krüppel, der keine Freude am Leben hat.«

»Das gehört sich nicht, ich bin doch ein Christenmensch«, erwiderte Ljot, »und ich würde das niemals tun. Gott kann dem Jungen sicher helfen und dafür sorgen, dass es ihm besser geht.« Er ließ das Kind taufen und nannte es Torbjørn.

Leikny weinte, als sie es erfuhr, und meinte ebenfalls, es wäre besser, den Jungen nicht heranwachsen zu lassen. Er hatte eine Hasenscharte und einen offenen Gaumen, und seine rechte Hand war klein, kraftlos und seltsam anzusehen. Als sie das sagte, lachte Ljot und erwiderte, die linke Hand komme ihm auch nicht besonders groß vor.

Leikny ging es gut, und am zehnten Tag stand sie auf, doch abends bekam sie Fieber und musste sich wieder hinlegen. Am nächsten Tag fühlte sie sich nicht gut. Ljot saß abends bei ihr auf der Bettkante, und sie sagte:

»Ich fürchte, jetzt kommt es doch so, wie ich es die ganze Zeit befürchtet habe – obwohl ich gebetet habe, dass wir beide uns jetzt nicht trennen müssten. Zwei Dinge quälen mich – dass du diesen kranken, elenden Sohn hast und dass das hier nicht damals passiert ist, als du meinen Tod nicht betrauert hättest.«

Ljot küsste sie und erwiderte:

»Ich glaube nicht an deine Träume und Wahnvorstellungen – und die gute Zeit, die wir zusammen verbracht haben, war die größte Freude in meinem Leben – ganz gleich, was nun passiert.«

Leikny schlief ein, und Ljot wachte die ganze Nacht bei ihr. Gegen Morgen fuhr sie plötzlich im Bett auf und streckte beide Hände nach der Tür aus. Dann schlang sie ihm die Arme um den Hals und sank zurück auf das Lager, wobei sie ihn mit sich zog. Gleich darauf ließ sie ihn los und streckte sich im Bett aus; sie war tot.

Ljot betrauerte seine Frau zutiefst, aber alle fanden, er verhalte sich männlich und klage wenig. Er kümmerte sich selbst um den Jungen und versorgte ihn gut. Immer sagte er, er glaube, das Kind werde aus der Gebrechlichkeit herauswachsen, die anderen aber meinten unter sich, es wäre besser, wenn der Kleine sterben könnte. Torbjørn überlebte einen Winter, im Frühjahr aber bekam er Krämpfe und starb.

In diesem Jahr verkündete Ljot auf dem Allting, er wolle seinen Hof verkaufen; er legte sich ein Schiff zu und verließ die Insel. In der Normandie trennte er sich von den Isländern, die ihn bis dahin begleitet hatten. Seither hörte auf Island niemand mehr von ihm.

XXXVII

Als König Olav Trygvessohn gefallen war, kam Illuge der Lichte nach Åslo: Er wollte nach dem edelsten Mann hier in den Nordlanden keinem anderen Herrscher dienen. Nun wollte Illuge sich häuslich niederlassen und heiraten. Er machte Vigdis noch einmal einen Antrag. Vigdis nahm ihn freundlich auf und hielt ein großes Gastmahl ab, sie lud auch Kåre von Grefsin dazu ein. Beiden Männern erwies sie die größten Ehren.

Eines Tages bat Vigdis die Männer, sie ins Vorratshaus zu begleiten, da sie ungestört mit ihnen reden wollte. Dort sagte sie:

»Nun habt ihr beide um mich geworben – und es ist eine viel größere Ehre, als ich erwarten konnte, dass zwei so vortreffliche und angesehene Männer mich heiraten wollen. Aber ich will nicht heiraten – ich will nur, dass mein Sohn zu Reichtum gelangt und ein Leben führen kann, bei dem ihm Vater und Sippe nicht zu sehr fehlen – und er soll das Gut nicht mit meinen ehelichen Kindern teilen müssen. Ihr beide habt mir zudem so viel Gutes getan, dass ich den einen nicht dem anderen vorziehen könnte. Deshalb gebe ich euch diesen Rat: Du, Kåre, solltest Illuge mit deiner Schwester Helga vermählen, und Illuge soll den Hof Baugstadir hinter dem Hügel kaufen, und Kåre, du solltest um Ragna Grjotgardstochter werben, meine Verwandte, die ihr heute hier gesehen habt. Die beiden sind die schönsten und reichsten Jungfrauen, und wenn ihr euch miteinander anfreundet, dann könnt ihr Schwäger über die ganze Gegend herrschen. Und nun bitte ich euch, über meinen Rat nachzudenken und mir zu sagen, wie ihr das seht.«

Kåre ergriff das Wort:

»Ich hätte Illuge gern zum Schwager, wenn er also deinem Rat folgen mag; ich glaube, es wäre für uns beide von Vorteil, diesen Handel zu schließen. Ich werde mich auch nicht kleinlich zeigen, wenn ich meine Schwester verheirate.«

Illuge erwiderte:

»Dann wirst du dich am selben Tag mit Ragna vermählen, an dem ich mit Helga auf unser Jawort trinke.«

Kåre gab keine Antwort, Vigdis aber sagte:

»Ihr könnt euch darauf verlassen, dass ich niemals heiraten werde – aber ihr beide könntet euren Reichtum und eure Macht vergrößern, wenn ihr auf meinen Vorschlag eingingt. Ihr seid doch ebenbürtig, deshalb wird der eine am anderen nicht viel gewinnen können – aber wenn ihr euch zusammentut, seid ihr doppelt stark.«

Nun streckte Kåre die Hand aus, Illuge schlug ein, und danach wurde alles Weitere besprochen.

Vigdis ging zu einer großen Truhe, die mit kostbaren Dingen gefüllt war, sie bat die beiden, sich zu nehmen, was sie haben wollten.

»Erlaubt mir nun, eure Freundschaft zu genießen – und ich bitte euch noch, Ulvar in Waffengebrauch und männlichem Verhalten zu unterrichten, damit er euch ähnlich wird, während er heranwächst.«

Das versprachen sie, und sie bedankten sich für die reichen Geschenke. Alle, die das Gastmahl besucht hatten, reisten mit kostbaren Gaben wieder ab, und Vigdis gewann dadurch hohes Ansehen.

XXXVIII

An der Kirche, die Vigdis hatte errichten lassen, gab es einen Geistlichen namens Eirik. Er kam aus Dänemark. Vigdis mochte ihn gern, und er kam oft nach Vadin.

Eines Abends, als er zu Besuch war und sie nach dem Abendessen um die Feuerstätte saßen, bat Vigdis ihn, eine Sage zu erzählen, denn er kannte so viele.

Der Priester erzählte:

»In Odinsø lebte einmal eine Frau. Sie hieß Tora und war sehr schön. Dann wurde sie verführt, und als sie ins Unglück kam, versteckte sie ihre Schwangerschaft und warf ihr Kind ins Wasser.

Danach machte sie eine reiche Heirat, lebte geachtet und geliebt und bekam viele Kinder, die sie sehr liebte. Aber dann wurde sie sehr krank und siechte dahin, bis sie wie tot dalag. Nun glaubte sie selbst, gestorben zu sein und angekleidet und geschmückt ins Grab gelegt zu werden, aber sie konnte hören, wie ihre kleinen Kinder zu Hause auf dem Hof um sie weinten, und sie wünschte sich so sehr, zu ihnen gelangen und sie trösten zu können. Nun schien es ihr, dass jemand in die Grabkammer trat, er war in einen schwarzen Umhang gehüllt, und er nahm ihre Hand und sprach: Steh auf, Tora, und komm mit mir. Sie hielt sich jetzt nicht mehr für tot, und sie bat, zu ihren weinenden Kindern gehen zu dürfen. Der Mann im Umhang nickte und führte sie mit sich. Das ist doch nicht der richtige Weg, sagte Tora. Doch, das ist der richtige Weg, widersprach der Mann.

Als sie ein weites Stück des Wegs zurückgelegt hatten, kamen sie zu einem tiefen, düsteren Tal, unten im Tal gab es einen schwarzen See, und ein steiler Pfad führte hinab zum Wasser, auf der anderen Seite führte ein steiler Pfad nach oben. Aber auf dem Berg lag eine Burg aus purem Gold; sie strahlte wie die Sonne, davor standen Ritter in goldener Rüstung, und in der Burg gab es Gesang und Saitenspiel, und etwas Schöneres hatte sie noch nie gesehen. Sie fragte, wem diese goldene Burg gehöre. Die gehört mir, sprach der Mann. Willst du mit mir kommen und meine Burg ansehen? Ja, das wollte sie gern, aber danach wollte sie nach Hause zu ihren Kindern.

Sie gingen nun den Pfad hinunter. Und sie glaubte zu sehen, dass das Tal voller kleiner weißer Lämmer war, sie standen dicht wie im Pferch, sie krochen und krabbelten und wollten an beiden Talseiten hochklettern. Aber als sie näher kam, sah sie, dass es kleine Kinder waren, es waren viele Tausende, sie waren nackt und neugeboren, aber ihre Gesichter waren alt, und einige waren blutig und übel geschunden, und einige waren nass. Sie wollten an beiden Talseiten hochklettern, aber sie kullerten gleich wieder hinab, denn sie waren so klein und zart. Tora taten sie so leid, dass sie in Tränen ausbrach; sie fragte den Mann im Umhang, was das hier sei und wie die armen Kleinen hierhergekommen seien. Ihre Eltern haben sie hier hinterlassen, sagte der Mann. Sie wollten das so. Das kann ich einfach nicht glauben, sagte Tora.

Die Kinder konnten sprechen, und sie sagten: Es stimmt, und jetzt müssen wir hier liegen. Wir möchten so gern nach oben und die andere Welt jenseits des Tales sehen, aber wir sind so klein, dass wir hier bleiben müssen, und alles hier ist so hässlich und einsam, und wir frieren so schrecklich.

Nun nahm Tora ihren Umhang ab und riss ihn in Stücke, und sie wickelte die Kinder in ihrer nächsten Nähe hinein. Alle drängten sich jetzt um sie zusammen, und sie zog ihr Obergewand aus und verteilte es unter den Kindern, und so machte sie weiter, bis sie ebenso nackt war wie diese. Und doch gab es viele, die nichts bekommen hatten: Im Tal waren viele tausend Kinder. In dieser ganzen Zeit gingen sie weiter, und die Kinder wimmelten um Tora herum und baten sie, sie auf den Arm zu nehmen, damit sie sich ein Bild davon machen könnten, wie die Welt aussah. Ach, die ist nicht so, dass es eine Freude wäre, sie anzusehen, sagte Tora. Trotzdem wollen die, die herkommen, ihr Leben nicht hergeben, sagten die Kinder. Alle wollen sie wieder zurück – und das willst du ja auch. Ich will nur nach Hause zu meinen Kindern, sagte Tora.

Nun gingen sie in den See, der Mann und Tora. Und auch dort wimmelte es von kleinen Kindern, sie standen bis zum Hals im Wasser, so dicht wie ein Heringsschwarm, und sie froren und zitterten und griffen nach Tora. Ihr taten die Kinder so leid, dass sie weinen musste, und sie nahm sie auf den Arm, so viele, wie sie nur tragen konnte, und sie fragte den Mann im Umhang, ob sie die Kinder nicht mit in die goldene Burg nehmen könne. Das könne sie durchaus, antwortete der Mann. Bald aber konnte sie nicht noch mehr Kinder auf die Arme nehmen. Nun bat sie den Mann, ihr einen Umhang zu leihen, damit sie die Kinder hineinwickeln könnte. Er legte seinen ab, und sie sah, dass er darunter eine prachtvolle goldene Rüstung trug, mit einem Kreuz voller Edelsteine auf der Brust und einer leuchtenden Krone auf dem Kopf. Aber sein Gesicht leuchtete noch mehr, und Tora hätte nie geglaubt, dass ein Mann so schön und so königlich sein könnte. Nun sagte er: Hier wird es so steil, dass du nicht hochkommst, wenn ich dich nicht trage. Soll ich aber erst die Kinder hochtragen oder dich?

Nimm zuerst die Kinder, sagte sie. Wenn du nicht alle auf einmal hochtragen kannst, dann warte ich so lange hier unten.

Dann wirst du lange warten, sagte der Ritter. Du siehst ja, wie viele das sind – und die ganze Zeit kommen neue hinzu. Du wolltest doch gern meine goldene Burg sehen, und danach willst du doch nach Hause zu deinen Kindern. Aber du musst vielleicht bis ans Ende der Welt hier sitzen bleiben, wenn ich zuerst alle Kinder zu mir nach Hause bringen soll.

Ja, ich werde warten, solange das nötig ist, sagte Tora. Ich bringe es nicht übers Herz, diese armen kleinen Kinder hier zu verlassen – meinen eigenen geht es gut zu Hause, diese hier brauchen unsere Hilfe dringender.

Der Mann in der goldenen Rüstung sagte:

Das Kind, das jetzt an deiner Brust ganz innen liegt, Tora, ist dein ältester Sohn – allen diesen Kindern ist das Leben genommen worden, ehe sie in der Welt leben oder lernen durften, den Weg zu meinem Schloss zu gehen.

Tora fiel auf die Knie und fragte entsetzt:

Wer bist du, Häuptling, und wie heißt du?

Christus heiße ich, sprach der König. Und nun leuchtete und strahlte er, als gehe die Sonne auf und und wärme alle Kinder im Tal. Doch Tora musste vor diesem Glanz die Augen schließen. Und als sie sie wieder öffnete, war sie zu Hause und lag in ihrem Bett.

Sie ließ sofort ihren Gatten und ihre Verwandten zu sich rufen und erzählte von ihrer Vision, und nun verschwieg sie auch die Schande nicht mehr, in die sie geraten war, und auch nicht, dass sie ihr Kind getötet hatte. Ihr Gatte wurde so wütend, dass er ihr befahl, sofort aufzustehen und sein Haus zu verlassen, obwohl es mitten in der Nacht war.

Nun floh sie durch die Stadt, und alle Hunde bellten sie an; sie dachte, sie sei so unglücklich und habe so schwer gesündigt, dass sie nicht mehr leben dürfe. Deshalb ging sie zum Strand. Dort hörte sie zwischen zwei Felsbrocken Weinen, sie ging dem Geräusch nach und fand im Tang einen neugeborenen kleinen Jungen; er lebte noch. Tora wickelte ihn in ihre Kleider, legte ihn an die Brust und ließ ihn saugen. Und sie beschloss, dieses Kind großzuziehen. Deshalb ging sie weit durch den Wald, bis sie in ein Dorf kam, wo niemand sie kannte. Sie baute sich eine Hütte und wohnte dort mit dem Kind. Später konnte sie Gold und Silber, das ihr gehörte, an sich bringen, und sie gab bekannt, dass sie alle neugeborenen Kinder aufziehen wollte, die von ihren Eltern ausgesetzt werden sollten. Sie verkaufte all ihr Hab und Gut, um für ihre Pflegekinder etwas zu essen zu haben, sie selbst aß um Christi willen jedoch nur das Gras, das auf dem Boden wuchs, und trank Wasser aus dem Bach. Als Mönche ins Land kamen, um den wahren Glauben zu verkünden, staunten sie sehr darüber, eine Frau zu finden, die den Namen des Herrn kannte und Ihn durch ihr Leben ehrte. Sie ließ sich nun taufen, zusammen mit ihren Kindern, und als sie starb, galt sie wegen ihres Bußwerks als Heilige.«

Vigdis dankte dem Priester für diese Geschichte; für den Rest des Abends war sie sehr nachdenklich. Als die Schlafenszeit kam und das Gesinde den Raum verließ, rief sie Ulvar zu sich. Er war jetzt neun Jahre alt und liebte seine Mutter sehr; er kletterte auf ihren Schoß und legte die Arme um sie.

»Hättest du bis ans Ende der Welt in diesem Tal auf mich gewartet, Mutter?«, fragte er. »Ich glaube fast, du hättest das getan.«

Vigdis drückte ihn an sich und sagte:

»Ich habe das eines Nachts gelernt, so wie diese Tora. Ich würde auch bis ans Ende der Welt gehen, um dich zu retten, wenn du deine Mutter einmal wirklich brauchen solltest.«

Der Junge küsste und streichelte sie. Nach einer Weile sagte er:

»Du hast mir nie verraten wollen, wer mein Vater war.«

»Erinnere mich nie an ihn, wenn ich froh bin«, erwiderte seine Mutter. »Und frag auch sonst nie mehr nach ihm.«

»Wenn ich erwachsen bin«, sagte der Junge, »werde ich losziehen und ihn suchen, und dann muss er dich heiraten, oder er wird es bereuen.«

Vigdis lächelte ein wenig und sagte:

»Es dauert noch eine Weile, bis du groß bist, mein Sohn, und lange, bis du mich verlassen kannst. Wir werden nie mehr über ihn reden, und er wird dich auch niemals sehen und dir etwas antun, aber du wirst das Beste von mir bekommen, und das, was ich nicht ertragen kann, werde ich einfach vergessen.«

XXXIX

Ulvar wuchs heran und wurde ein schöner und vielversprechender Junge. Er war hochgewachsen, aber schmal und feingliedrig, mit einem schmalen Gesicht, hellblauen Augen und langen, rußbraunen Haaren, die ein wenig ins Rötliche schimmerten. Er nahm früh ein männliches Wesen an, denn er war noch nicht groß, als seine Mutter anfing, mit ihm über alles zu sprechen, was die Hofhaltung und das Wohlergehen der Menschen dort betraf, und ihn um Rat fragte; sie sprach mit ihm wie mit einem Erwachsenen, der Verstand genug hatte, ihr eine Stütze zu sein. Dadurch wurde er ernst und schweigsam, war aber doch freundlich und höflich in seinem Verhalten, und alle mochten ihn. Er und seine Mutter lebten in tiefer Liebe miteinander.

Aber wenn er nach seinem Vater fragte, wollte sie ihm niemals antworten. Sie sagte, über diesen Mann könne sie nichts Gutes sagen, und sie hoffe, seinen Namen niemals wieder hören zu müssen. Danach versank sie immer in Schwermut, deshalb wagte Ulvar nicht, weitere Fragen zu stellen.

Kåre, Illuge und Vigdis waren weiterhin befreundet und veranstalteten jedes Jahr ein großes Gastmahl füreinander. Die beiden kümmerten sich um Ulvar und lernten ihn in allen männlichen Kraftspielen an – zumeist war er auf Grefsin, denn das war der Nachbarhof, aber am glücklichsten war er, wenn er nach Baugstadir reiten durfte, denn Illuge hatte viel gesehen und erzählte Ulvar vieles, was der gern hören wollte.

Als er eines Abends dort war, kam der Priester Eirik nach Baugstadir, und Illuge bat den Geistlichen, ihnen die Zeit mit einer Geschichte zu vertreiben. Der Priester erzählte nun die Legende vom heiligen Gregorius, der den Drachen Kampedus erschlagen hatte. Illuge sagte:

»Gleich nach Christus, der den Teufel bezwungen hat, ist das die vortrefflichste Mannestat – nur zwei können sich damit messen – Sigurd Sigmundssohn, der den Drachen Fafnir getötet hat, und Olav Trygvessohn, der bei Svåld auch vor drei Heeren nicht die Flucht ergriffen hat. Seinesgleichen hat es nicht gegeben seit den grauen und alten Zeiten, aus denen die Sagen stammen, und wir werden wohl kaum noch einen solchen Häuptling sehen, solange sich das Meer an diesen nördlichen Gestaden bricht.«

Eirik erwiderte, Olav sei zweifellos der größte Häuptling an diesem Rand der Welt – aber nun wolle er von dem Mut und den mannhaft ertragenen Leiden der heiligen Märtyrer in den südlichen Ländern erzählen – und um ihnen die Tapferkeit der Gläubigen vor Augen zu führen, wollte er ihnen die Standhaftigkeit eines jungen Mädchens schildern. Darauf ließ er die Legende von der heiligen Agatha folgen.

Illuge sagte:

»Großen Mut besaß diese Jungfrau, und niemals wird ihre Tat vergessen werden. Aber jetzt will ich von der stärksten Frau erzählen, von der ich je gehört habe – einiges davon hast du, Ulf, wohl schon erfahren, aber ich glaube, die ganze Geschichte hast du noch nicht gehört.«

Er erzählte nun, wie Vigdis in jener Nacht, als Vadin brannte, durch den Wald geflohen war. Er nannte ihren Namen nicht, aber als er fertig war, fragte er den Jungen:

»Weißt du, wen ich meine – oder kennst du eine Frau, der drei Finger an der linken Hand fehlen?«

Ulvar nickte und nahm Illuges Hand. Der sagte:

»Wenn du nach deiner Mutter kommst, wird wohl eines Tages Großes von dir zu berichten sein.«

Als Ulvar am nächsten Tag zu Hause auf den Hof geritten kam, stand Vigdis dort und fütterte die Fohlen mit Brot. Ulvar sprang vom Pferd, rannte ihr entgegen und schlang die Arme um sie. Sie lachte und fragte, was denn in ihn gefahren sei.

»Nichts«, erwiderte er, »ich glaube nur, meine Mutter, dass es deinesgleichen nicht noch einmal gibt«, und damit hob er ihre linke Hand an und küsste die Fingerstümpfe.

»Was hat Illuge dir denn erzählt?«, fragte die Mutter und lachte wieder.

»Weißt du, was ich mir gedacht habe?«, fragte nun Ulvar. »Es wäre doch richtig gewesen, wenn du Olav Tryggvessohn genommen hättest, ihr zwei hättet sicher gut zueinander gepasst.«

Vigdis wurde rot und sagte nichts. Sie küsste ihren Sohn auf die Wange und sagte dann, nun solle er ins Haus gehen und etwas essen.

XL

Eines Abends baten zwei Isländer, Händler auf dem Weg nach Tunsberg, um ein Nachtquartier auf Vadin. Vigdis nahm sie freundlich auf und bewirtete sie reichlich. Es waren höfliche und gebildete Männer mit feinen Manieren. Vigdis saß abends lange bei ihnen.

Am Ende fragte sie, ob ihnen ein Mann namens Viga-Ljot bekannt sei und ob der wohl noch lebe.

Ja, antworteten die Männer, von Viga-Ljot auf Raudsand hätten sie gehört, aber sie seien noch Kinder gewesen, als der getötet wurde.

Vigdis sagte, so lange könne das nicht her sein, »denn ich erinnere mich noch daran, dass er hier im Land war«.

Da sagte der eine Kaufmann zum anderen:

»Wurde nicht Ljot Gissurssohn aus Skomedal so genannt – damals, nachdem er seinen Vater gerächt hatte, als er noch ein Knabe war und als Hirte bei Eyre-Torbjørn diente?« Vigdis sagte:

»Der, den ich meine, hieß Ljot Gissurssohn. Wisst ihr, ob er noch lebt?«

Ulvar saß auf der Bank, er beugte sich über den Tisch und bat:

»Erzählt davon – wie er seinen Vater gerächt hat und noch ein Knabe war und Schafe hütete.«

Vigdis sah zu ihrem Sohn hinüber und schwieg. Der eine Kaufmann sagte:

»Dann erzähl du, Helge, wenn die Hausfrau das hören möchte.«

Helge erzählte:

»Dieser Ljot war der einzige Sohn von Gissur, der von Gunnar dem Steinreichen auf Geitåbakke und dessen Verwandten getötet wurde, acht Männer waren über Gunnar hergefallen, darunter war Arne Kollssohn; vor allem er hat diesen Mord begangen. Gunnar bezahlte Buße für den Mord, und alle fanden, dass jene, die den Nachruhm für Gissur verteidigt hatten, ihre Sache gut gemacht hätten, denn im Vergleich zu Gunnar und dessen Sippe waren sie damals nur kleine Leute. Aber mit Arne konnte es niemand aufnehmen. Ljot muss damals zwei oder drei Jahre alt gewesen sein.

Dann kam ein Wintertag, als Ljot dreizehn war, und er war mit einigen anderen Jungen oben in den Bergen und suchte nach einem vermissten Schaf. Die Jungen saßen unter einem Felsvorsprung und aßen ihre Wegzehrung, und alle brüsteten sich mit ihren Leistungen bei den Kraftspielen. Ljot behauptete, den Speer so gut schleudern zu können, dass er das Ziel nie verfehlte. Einer der anderen schaute sich um und sagte: Siehst du die Leute, die unter Hauketind das Tal hochreiten? Wenn ich es richtig erkenne, dann ist das Arne Kollssohn, der in die Berge will. Wenn du dieses Ziel treffen könntest, Ljot, dann wäre das eine bessere Entschädigung für deinen Vater als Gunnars Gold.«

Die Jungen hatten drei Wurfspeere bei sich – Ljot nahm sie alle und lief über die Moosflächen nach Norden. Der Weg durch das Tal führte durch eine enge Klamm, an der schmalsten Stelle war er nur ein Schacht mit lotrechten Wänden auf der einen Seite, drei- oder viermal mannshoch, und auf der anderen Seite gab es eine steile Geröllhalde. Dorthin lief Ljot und versteckte sich hinter einem großen Felsbrocken. Nun ritt Arne in den Schacht, er wurde von vier Männern begleitet. Der Weg führte steil nach oben. Als die Männer die Stelle erreicht hatten, an der sich Ljot versteckt hatte, sprang der Junge auf den Felsen und schleuderte den ersten Speer. Der traf den Mann, der neben Arne ritt. Ljot sprang sofort zurück hinter den Felsen, die Männer hatten nicht gesehen, wer den Speer geworfen hatte. Sie hielten an und schauten sich um. Ljot sprang wieder auf den Felsen und warf die beiden anderen Speere, der eine traf nicht, der zweite jedoch traf einen Mann, der vor Arne stand. Nun rief Ljot: Jetzt bin ich besser dran als mein Vater, Arne, denn gegen ihn wart ihr zu acht, aber jetzt seid ihr nur drei gegen einen. Er hatte ein kleines Beil am Gürtel hängen, und als Arne jetzt zu dem Felsbrocken lief, schlug Ljot ihm von oben auf den Schädel, und das Beil blieb im Unterkiefer des Mannes stecken. Nun warf jemand einen Langspeer nach dem Jungen, aber der fing den Speer im Flug auf. Und nun rannte er durch die Geröllhalde nach oben und hielt sich zwischen den Steinen, sodass sie ihn nicht treffen konnten. Als er den Rand des Schachts erreicht hatte, stieß er sich mit dem Speer ab und sprang über den Abgrund – und dann rannte er am Rand der Steilwand bis zum Ende des Schachts. Dorthin waren die herrenlosen Pferde gelaufen. Ljot packte das eine am Zaum, als das gerade die Vorderbeine auf die Kante stellte; er schwang sich hinauf und ritt nach Eyre, wo er damals lebte.

Aber alle fanden, das sei die größte Mannestat, die je von einem Knaben ausgeführt worden war, und nun glaubten viele, er werde ein berühmter Kämpfer werden, und nannten ihn aus Spaß Viga-Ljot.«

Nach einer Weile fragte Vigdis:

»Weißt du, Helge, was dann aus ihm geworden ist?«

»Ach«, sagte Helge, »in den letzten Jahren war wenig

die Rede von ihm – seit er geheiratet hat, ist er angeblich friedlicher geworden.«

»Ist er jetzt verheiratet?«, fragte Vigdis leise.

»Ja«, antwortete Helge.

»Kennst du seine Frau?«, fragte sie nun.

»Nur vom Sehen«, antwortete Helge. »Sie galt als das schönste Mädchen der Gegend und als reiche und gütige Frau – und seit er sie bekommen hat, lebt er friedlich auf seinem Hof.«

Vigdis schwieg eine Weile. »Weißt du, ob er auch Kinder hat?«, fragte sie dann.

»Ja, sie haben drei oder vier, habe ich gehört«, antwortete Helge.

Nun sagte Vigdis nichts mehr.

Doch nachdem die Isländer zu Bett gegangen waren, stellte sich Vigdis an die Feuerstätte und schaute in die Glut. Ulvar saß auf der Bank. Nun sagte sie, ohne ihn anzusehen:

»Hast du gut zugehört, was diese Männer berichtet haben – jetzt hast du etwas über deinen Vater erfahren.«

Ulvar sprang auf und rief:

»War das mein Vater – der die drei Männer in dem Felsschacht getötet hat, als er so alt war wie ich jetzt?«

»Es war dein Vater, der die schöne Frau hat«, erwiderte Vigdis.

Ulvar sagte: »Was immer er dir angetan hat, Mutter, er muss doch ein tüchtiger Mann sein, und ich würde ihm gern eines Tages begegnen – und dann würde er sehen, dass er einen Sohn hat, der nach ihm kommt.«

Sie antwortete:

»Wenn du nach ihm kommst – und wenn du mein Sohn bist –, dann müsste diese Begegnung damit enden, dass du mir Viga-Ljots Haupt bringst und es in meinen Schoß legst.«

Ulvar erbleichte – und sagte:

»Nie hat man davon gehört, dass ein Sohn seinen Vater getötet hat.«

Vigdis hob die Hände und verschränkte sie dann vor ihrer Brust, sie entgegnete:

»Du willst mich nicht auf die gleiche Weise rächen, wie ich meinen Vater gerächt habe – eines sage ich dir, dass ich seinetwillen unsäglich gelitten habe, so, wie er mich behandelt hat. Wenn ich dir alles erzählte, würdest du keine Ruhe finden, ehe du mich gerächt hättest – es sei denn, du liebtest mich weniger, als ich geglaubt habe. Aber jetzt will ich nicht mehr darüber reden.«

Ulvar trat neben seine Mutter und umarmte sie, und jetzt legte sie sich über die Bank und weinte. Nun sagte der Junge, sie müsse doch wissen, dass er in allem immer ihren Willen tun werde.

XLI

Nun verging die Zeit, bis Ulvar siebzehn wurde. Er sprach mit seiner Mutter darüber, dass er zu gern in andere Länder fahren und sich auf der Welt umsehen wollte. Vigdis fand das richtig und versprach, ihn mit einem großen, guten Schiff auszurüsten, wollte jedoch, dass er in Begleitung älterer, erfahrener Männer losführe.

Als Illuge das hörte, sagte er, er könne sich sehr gut vorstellen, noch einmal loszuziehen, jetzt, da seine Frau nicht mehr lebte, und es wurde ausgiebig über diese Angelegenheit gesprochen.

Eines Tages, gegen Ende des Winters, kam Illuge nach Vadin; er sprach unter vier Augen mit Vigdis in der Stube, und sie fragte ihn, wie es weitergehen solle.

Illuge sagte:

»Du weißt ja wohl, dass Ulvar zuallererst Island ansteuern wird.«

Vigdis gab keine Antwort, und Illuge fuhr fort:

»Du kannst dir sicher auch denken, was er dort wohl vorhat – aber es wird dich kaum verwundern, dass ich wenig Lust habe, ihn auf dieser Fahrt zu begleiten.«

Vigdis sagte leise:

»Ulvar war oft bei dir und hat über vieles mit dir gesprochen – hat er dir gegenüber seinen Vater erwähnt?«

»Nicht selten«, antwortete Illuge. »Er möchte ihn wohl

unbedingt aufsuchen und sehen, was er für ein Mann ist. Wie gefällt dir das, hast du ihm dazu geraten?«

»Nein«, sagte sie. Nach einer Weile fügt sie hinzu: »Ljot weiß nicht, dass ich ein Kind habe. Ich wünschte, Ulvar verzichtete auf diese Reise.«

In diesem Moment ging Ulvar draußen an der Tür vorbei. Illuge rief ihn und sagte, als er eingetreten war:

»Wir reden über deine Reise nach Island, deine Mutter und ich.«

Ulvar wurde rot und sagte eilig:

»Es kann dich doch nicht erstaunen, Mutter, dass ich dem Mann begegnen möchte, der mich gezeugt hat, und dass ich wissen will, wie er mich aufnehmen würde.«

»Er hat nie nach uns gefragt«, sagte sie zornig. »Und er hat dort drüben Frau und Kinder; wenn du ihn aufsuchst, hast du wohl kaum etwas anderes zu erwarten als Spott.«

»Dafür bin ich ja wohl dein Sohn«, erwiderte Ulvar wütend, »dass ich mich nicht verspotten lasse – denn du hast mich zur Rache angestachelt; einmal hast du gesagt, es wäre die beste Entschädigung, wenn ich dir Viga-Ljots Haupt in den Schoß legte.«

Mit diesen Worten ging er. Vigdis sagte hart:

»Ich will diesen Namen nie wieder hören müssen.«

Illuge sah sie an und erwiderte:

»Du musst diesen Ljot ja sehr geliebt haben, wo du ihn noch immer so innig hasst – ich glaube fast, du liebst ihn noch immer.«

»Ich liebe ihn so sehr, wie ich den Wolf im Wald liebe«, sagte Vigdis. »Wenn wir uns begegneten, würden wir das nicht beide überleben.«

Illuge antwortete:

»Stimmt es, dass du dich an Ljot rächen möchtest?«

»Ja, so ist es«, sagte sie.

Nun erklärte Illuge:

»Ich werde Ulvar nach Island begleiten, und ich werde ihn hüten wie meinen eigenen Sohn. Aber ich möchte dich dann bitten, mich zu heiraten, wenn wir zurückkommen.«

Vigdis antwortete nicht sofort. Illuge aber ließ nicht locker:

»Findest du nicht, dass du lange genug als Witwe gelebt und diesen treulosen Mann betrauert hast – du bist noch immer jung und schön und kannst viele frohe Tage haben – und du weißt doch, ich würde dich gut behandeln und deinem Sohn helfen, so sehr ich kann.«

Vigdis reichte ihm die Hand, und er küsste sie, und dann besprachen sie alles über ihre Hochzeit. Sie erzählte es Ulvar, der meinte, seine Mutter müsse solche Dinge selbst entscheiden.

XCII

Ulvar kam dann aber doch nicht bis nach Island. In der Nordsee trafen sie auf Nebel und Gegenwind, und dann zog ein solcher Sturm herauf, dass sie fast ihre gesamte Ladung über Bord werfen mussten, wenn sie ihr Leben retten wollten. Am Ende verloren sie das Steuerruder, und bei diesem schlimmen Wetter hatten sie das Schiff nicht mehr im Griff und wurden an eine felsige Küste getrieben, die Illuge für Schottland hielt. Nun setzten sie die Segel und steuerten mit den Rudern; auf diese Weise konnten sie zwischen kleine Inseln gelangen, wo See und Sturm weniger wild waren, und am Abend ankerten sie in einer Bucht, wo es einen Sandstrand gab, einen Fluss und hohe Berge um sie herum. Ein Haus konnten sie nicht entdecken.

Nachts wurde der Sturm wieder stärker, deshalb löste sich der Anker vom Boden, und das Schiff kenterte, aber die Männer konnten sich an Land retten. Illuge sagte, wenn die Leute, die jetzt kämen, das Strandrecht besäßen, würde man sie sicher töten, deshalb schlug er vor, das Schiff so schnell wie möglich instand zu setzen und dann weiterzusegeln.

Sie arbeiteten den ganzen Tag, und gegen Abend waren sie aufbruchsbereit. Es fehlte ihnen jedoch an Lebensmitteln, und deshalb wollte Ulvar an Land gehen und nach Beute suchen. Oberhalb der Bucht lag ein bewohntes Tal, und dorthin begaben sie sich, sie machten sich über den ersten großen Hof her, verjagten die Bewohner und bedienten sich an Kleidungsstücken und Vorräten. Niemand setzte sich zur Wehr.

Aber als sie zum Strand hinunterkamen, sahen sie, dass auf ihrem Schiff viele Menschen standen, und Illuge sagte, das müssten die Schotten sein, die auf einem anderen Weg zur Bucht gegangen waren und die Männer überwältigt hatten, die zur Bewachung des Schiffes zurückgelassen worden waren. Und in diesem Moment sahen sie eine große Reiterschar durch das Tal kommen, auf dem Weg, den sie selbst gegangen waren. Illuge fragte:

»Wie gefällt dir diese Reise, Ulvar?«

»Es macht jedenfalls mehr Spaß, als von den Wellen durchnässt zu werden«, erwiderte Ulvar lachend. »Aber jetzt müssen wir machen, dass wir an Bord kommen, und diese Leute dort vertreiben, ehe die große Mannschaft dort hinten uns erreicht.«

Illuge sagte, es wäre viel leichter, zuerst die Schotten zu verjagen, die durch das Tal unterwegs seien, als an Bord des Schiffes zu gelangen, »denn die, die oben sind, werden nach unseren Händen hacken – und das mit den anderen kann nicht so schwer sein, auch wenn die, die dort angeritten kommen, mehr sind als wir.«

»Ich habe auch keine Angst vor ihnen«, sagte Ulvar, »aber es wäre am schlimmsten, wenn sie das Schiff behalten und damit wegsegeln könnten, dann würden wir hier wie der Fuchs in der Falle sitzen.«

Und nun rannten er und die meisten seiner Männer ins Wasser und hielten die Schilde über sich, um sich vor den Pfeilen vom Schiff zu schützen, während sie hinüberwateten. Aber Ulvar sah schnell ein, dass es nicht so leicht war, an Bord zu gelangen, denn die Schotten konnten von oben auf sie herabstoßen und schießen. Obwohl die

Norweger tapfer kämpften und die Speere zurückschleuderten, die nach ihnen geworfen wurden, kamen sie kaum voran, und nun ritten die anderen Schotten ins Wasser. Die Norweger waren jetzt auf allen Seiten von Feinden umgeben, und sie standen bis zum Bauch im Wasser, und es wurde ein harter Kampf. Ulvar sagte nun zu Illuge:

»Dein Rat war doch besser, Pflegevater.«

»Du bist ein guter Kämpfer, Ulvar«, sagte Illuge, »und es wäre schade, wenn Vigdis einen solchen Sohn verlieren müsste.« Damit sprang er unter die Schiffsseite. An der Reling stand ein hochgewachsener Rothaariger, der Anführer der Schotten. Illuge warf seinen Schild weg, sprang hoch und konnte den Schottenhäuptling um die Beine packen, doch im selben Moment schlug ihm der andere auf den Kopf. Beide fielen über die Reling, und Ulvar tötete den Schotten. Nun waren dessen Männer zuerst verwirrt, und einige wichen von der Reling zurück, andere aber sprangen hinter dem Häuptling her über Bord. Und nun konnten viele Norweger an Bord des Schiffes klettern.

Ulvar war der Letzte, denn er wollte Illuge nach oben helfen. Doch dieser sagte:

»Es hilft nichts – aber nun rette dich selbst, denn ich möchte, dass du deine Mutter grüßt und ihr sagst, wie ich mein Leben verloren habe.«

»Es wäre ihr gar nicht recht, wenn ich ohne dich nach Hause käme«, erwiderte Ulvar, der nun auf die Reling gestiegen war. Sie zogen Illuge ebenfalls hoch, aber er fiel sofort auf dem Deck vornüber und war tot. Nun stand Ulvar an Bord seines Schiffes und hatte noch dreizehn Mann, aber nicht einer war unversehrt, und die Schotten zählten mehr als eine halbe Hundertschaft; sie drängten sich um das Schiff zusammen, und einige schlugen auf die Schiffsseiten ein, bis das Wasser hineinströmte, während ihre Kumpane die Schilde über sie hielten und eine Pfeilsalve nach der anderen auf die Norweger abgaben.

Nun entdeckte Ulvar ein großes Schiff, das zwischen den Inseln manövrierte und Kurs auf sie hielt. Ulvar rief seinen Leuten zu:

»Das ist eine kurze Reise geworden – aber mit der Arbeit dieses Abends können wir doch zufrieden sein!«, denn die Schotten hatten große Verluste erlitten.

Das fremde Schiff warf Anker, und die Leute sprangen über Bord und liefen auf Ulvars Schiff zu. Ganz vorn war ein großgewachsener dunkler Mann, er schlug einen Enterhaken in die Reling und zog sich hoch. Er lief zu dem Mast, wo Ulvar stand, und rief auf Norwegisch:

»Gut kämpfst du, junger Häuptling, und wir kommen in einem glücklichen Moment, denn nun können wir solchen Männern helfen!«

Gleich darauf wimmelte es auf dem Schiff von seinen Leuten, und nun wendete sich das Blatt so, dass die Schotten ins Wasser sprangen und sich zum Strand retten wollten, aber nicht viele schafften es an Land.

Als der Kampf zu Ende war, warf der Fremde die gefallenen Schotten über Bord und ließ Ulvars Schiff neben sein eigenes ziehen. Es stellte sich heraus, dass dieses Schiff so stark beschädigt war, dass es nicht mehr seetüchtig werden konnte. Der Fremde bat Ulvar und die anderen, bei ihm an Bord zu gehen, dann ließ er Segel setzen, und sie fuhren los. Nun stand die Brise günstig, der Sturm war abgeflaut.

Der Fremde verband die Wunden von Ulvar und dessen Männern und ließ sich von dem Kampf erzählen. Er sagte, er heiße Uspak und sei auf Island geboren, wohne aber in Northumberland, und seine Männer seien dort ansässige Norweger und Dänen.

Als es dunkel wurde, warfen sie in einem Sund Anker

und gingen zur Ruhe. Uspak und Ulvar lagen nebeneinander unter Deck. Ulvar war wach, denn seine Wunden schmerzten. Nun sprach Uspak mit ihm. Er sagte:

»Du warst heute ein ganzer Mann, Ulvar, und du bist zweifellos guter Abstammung, wo in Norwegen bist du zu Hause, und wen nennst du deinen Vater?«

Ulvar antwortete:

»Ich bin zu Hause in Vingulmark, Vadin bei Folden heißt der Hof, von dem ich stamme.«

Uspak fuhr herum und fragte:

»Und dein Vater, Ulvar – wie heißt dein Vater?«

»Ich will dir nicht verheimlichen, Herr«, sagte Ulvar, »dass ich heimlich geboren wurde. Deshalb werde ich nach meiner Mutter Ulvar Vigdissohn genannt.«

Uspak schwiegt lange, er wollte mehrere Male etwas sagen, brachte es aber nicht über sich. Ulvar bemerkte es nicht. Am Ende fragte Uspak leise:

»Wie alt bist du, Ulvar Vigdissohn?«

»Nach Mittsommer werde ich achtzehn«, antwortete Ulvar.

Der Fremde legte sich wieder hin und schwieg lange. Dann ergriff er abermals das Wort.

»Lebt sie noch, deine Mutter, und ist sie unverheiratet, Vigdis auf Vadin?«

Ulvar bejahte. Da sagte Uspak:

»Ich möchte gern mehr über deine Mutter hören – sie muss eine starke und bewundernswerte Frau sein, wenn sie dich allein zu dem Mann erziehen konnte, der du bist. Liebt sie dich, deine Mutter?«

Ulvar sagte:

»Als ich fünfzehn war, hat sie mir Vadin und das halbe Gut übergeben, damit mich niemand verspotten könnte, weil ich arm und schwach und ohne Vater bin. Sie hat sich im Norden auf einer Rodung einen Hof gebaut, Berg heißt er, aber sie wohnt auf Vadin. Und du hast schon recht, sie ist eine ungeheuer bewundernswerte Frau, ich glaube nicht, dass es noch eine gibt wie sie, und dass ich meinen Vater nicht gekannt habe, habe ich nur selten bedauert.«

Jetzt erzählte Ulvar von seiner Mutter, und je mehr er erzählte, desto mehr fragte der andere; und so erfuhr er alles über Gunnars Tod und Vigdis' Rache und was seither geschehen war; und damit verging ein Großteil der Nacht. Als er fertig war, sagte Uspak:

»Du stehst unendlich tief in der Schuld deiner Mutter; sie hat die tiefste Liebe und die größte Ehre von dir verdient. Mir scheint, ihr Mut und ihre Klugheit sind unvergleichlich, und keine könnte ihren Sohn mehr lieben.«

»So ist es«, erwiderte Ulvar. »Und ich hoffe, ich kann sie eines Tages für ihre Güte belohnen.«

Uspak sagte:

»Jetzt hast du dein Schiff und deine Ladung verloren, aber wenn du den Sommer über bei mir bleiben willst, brauchst du im Herbst nicht mit leeren Händen nach Norwegen zurückzukehren; du kannst dieses Schiff zusammen mit mir befehligen und einen halben Häuptlingsanteil nehmen.«

Ulvar dankte ihm viele Male. Nach einer Weile sagte er, er habe ursprünglich nach Island fahren wollen. Uspak fragte, ob er dort etwas zu erledigen habe. Ulvar sagte:

»Du kommst doch aus Island, Uspak, kennst du einen gewissen Viga-Ljot Gissurssohn aus Skomedal?«

»Hast du bei ihm etwas zu erledigen?«, fragte Uspak nach einer Weile.

»Ich glaube schon«, sagte Ulvar.

»Er ist vielleicht ein Freund deiner Mutter?«, fragte der andere.

»Ein Freund ist er nicht«, erwiderte Ulvar, »und wir erwarten uns nichts Gutes von ihm. Aber ich würde doch gern sehen, welches Willkommen er mir bereitet, denn er ist offenbar mein Vater.«

»Er müsste ein seltsamer Mann sein«, sagte Uspak und lachte ein wenig, »wenn er sich nicht freute, einen so schönen und männlichen Sohn kennenzulernen, und er wird eine Frau wie deine Mutter ja wohl kaum vergessen haben.«

»Er hat nie nach uns gefragt«, erwiderte Ulvar, »und ich weiß, dass er auf Island Frau und Kinder hat, aber ich würde ihn doch gern von meiner Mutter grüßen, die er verführt und dann im Stich gelassen hat.«

Nach einer Weile sagte Uspak:

»Ljot ist nicht mehr auf Island, ich habe gehört, dass er das Land schon vor Jahren verlassen hat – seine Frau und seine Kinder sind gestorben.«

»War er ein Freund von dir?«, fragte Ulvar.

»Nein«, sagte Uspak. »Mich hat er nicht besser behandelt als deine Mutter.«

Ulvar legte sich nun zur Ruhe und wollte versuchen zu schlafen. Nach einer Weile merkte er, dass der andere die Hand nach ihm ausstreckte und sie über sein Gesicht legte. Ulvar öffnete die Augen, da hatte der andere die Luke geöffnet, das Morgenlicht fiel herein, und Uspak hatte sich über ihn gebeugt und sah ihn an.

»Du hast so unruhig geschlafen, Ulvar«, sagte er. »Ich wollte wissen, wie es dir geht, aber jetzt schlaf weiter.«

XCIII

Ulvar blieb bis weit in den Herbst hinein bei Uspak, zusammen mit dänischen Wikingern überfielen sie Gehöfte in England, Kennemerland und Frankreich und holten reiche Beute. Ulvar Vigdissohn zeigte großen Mut und stand dort drüben in hohem Ansehen.

Im Herbst waren Uspak und Ulvar bei Sigvald Jarl in Northumberland; er war Uspaks Freund, und er nahm Ulvar freundlich auf und machte ihm reiche Geschenke.

Eines Abends tranken sie zusammen in Uspaks Herberge. Da fragte Uspak:

»Stimmt es, Ulvar, dass du deinen Vater finden möchtest?«

»Als ich noch zu Hause war«, antwortete Ulvar, »wünschte ich mir das mehr als alles andere; da war ich traurig darüber, dass ich kein eheliches Kind war, und ich hielt mich für geringer als alle anderen, die einen Vater hatten, für den sie geehrt wurden. Ich dachte immer, ich würde ihn aufsuchen und Entschädigung für meine Mutter und mich und für alles Unrecht fordern, das wir erlitten haben.«

»Es wäre doch möglich, dass du ihn findest«, sagte Uspak leise. »Und wenn er dich nun liebevoll aufnähme und sich darüber freute, dass er einen solchen Sohn hat?«

»Er könnte ja wohl kaum meinen, dass ein solcher Sohn ihm Ehre macht«, erwiderte Ulvar, »und ich wäre ihm auch nicht dankbar; ich glaube nicht, dass ich ihm mehr schulde als mein bloßes Leben – und das habe ich schon zu oft aufs Spiel gesetzt, um es allzu wichtig zu finden. Hier draußen habe ich gelernt, dass ich auch ohne ihn gut genug bin – und das verdanke ich am meisten dir, Uspak. Ich brauche meinen Vater nicht, und ich bitte nicht um seine Liebe – und es ist mir egal, ob er ehrlos ist, oder was immer er sein mag.«

Uspak hatte den Kopf in die Hand gestützt und hörte zu, nach einer Weile sagte er:

»Und deine Mutter – wenn er nun von dir hörte und zu Vigdis käme und ihr einen Heiratsantrag machte?«

»Ehrlich gesagt«, antwortete Ulvar, »glaube ich, die Mühe könnte er sich sparen. Einmal hat sie zu mir gesagt, es wäre eine Entschädigung für all ihr Leid, wenn sie seinen blutigen Kopf in die Hände nehmen könnte. Aber ansonsten hat sie ihn kaum je erwähnt, und wenn sie es getan hat, war sie noch lange danach traurig. Es war ihr gar nicht recht, dass ich nach Island fahren und ihn suchen wollte.«

Uspak saß unbeweglich da. Am Ende sagte er:

»Das waren harte Worte, Ulvar.«

Ulvar erwiderte:

»Es war auch ein hartes Leben, das er meiner jungen Mutter zugemutet hat, als er aus Norwegen wegging und sie mit dem Kind sitzenließ. Und seither hat er nie wieder nach ihr gefragt.«

»Weißt du so sicher, dass er seither nie nach ihr gefragt hat?«, gab Uspak zurück.

»Das hat sie oft genug gesagt«, erwiderte Ulvar, »und dass er ein überaus schlechter und herzloser Mann war.«

»Das sind harte Worte von einem Sohn, Ulvar«, sagte Uspak und seufzte.

»Ja, bessere hat er mich nicht gelehrt«, sagte Ulvar und lachte, »und vielleicht habe ich ja auch Ähnlichkeit mit ihm.«

Uspak sah ihn an, gab aber keine Antwort, und sie sprachen nicht mehr über die Angelegenheit, doch für den Rest des Abends war Uspak schweigsam und nachdenklich. Ehe sie sich schlafen legten, ging er zu einer Truhe und entnahm einen roten, reich mit Seide und Gold verzierten Umhang. Er bat Ulvar, dieses Geschenk anzunehmen und Ulvar dankte.

Als Ulvar im Herbst nach Hause reisen wollte, gab Uspak ihm ein vollständig ausgerüstetes Schiff und dazu andere reiche Geschenke – eine lange Brünne und einen goldenen Helm, zwei kreideweiße Falken, einen dreifachen vergoldeten Gürtel, den Ulvar seiner Mutter als Zeichen der Freundschaft überreichen sollte, und am Ende einen grünen Seidenumhang mit goldenem Verschluss und kostbarem Pelzfutter – aber nun sagte er, er wolle den roten Umhang zurückhaben, denn der sei nicht neu und erschiene ihm eigentlich nicht als passendes Geschenk.

Ulvar dankte dem anderen für so viel Wohlwollen, und er bat Uspak, sich aus der Beute des Sommers auszusuchen, was immer er haben wolle.

»Ich habe schon mehr Reichtümer, als ich brauche«, erwiderte Uspak. »Aber diesen Ring, den du um den linken Arm trägst, den hätte ich gern als Erinnerung an dich, wenn du ihn mir überlassen magst.«

Ulvar zog den Ring von seinem Arm und reichte ihn Uspak, und dabei sagte er:

»Einen großen Wert hat er nicht – ich trage ihn, weil ich ihn von meiner Mutter bekommen habe, und sie hatte ihn von ihrer eigenen Mutter, aber er ist ein zu geringes Geschenk, bitte verlange ein besseres.«

»Ich will aber kein anderes«, entgegnete Uspak und fuhr mit der Hand über den Ring, »denn er gefällt mir, und du trugst ihn um den Arm, als du dich in dem schottischen Fjord so tapfer geschlagen hast.«

Nun sagte Ulvar:

»Auf Vadin ist es nicht so wie am Hof des Jarls, aber nichts wäre mir eine größere Freude, als wenn du bei meiner Mutter zu Gast sein wolltest.«

»Das werde ich auch«, antwortete Uspak, »es wird nicht lange dauern, bis wir uns wiedersehen, denn ich wäre auch gekommen, wenn du mich nicht eingeladen hättest.«

Danach nahm er Ulvar in die Arme, küsste ihn auf Mund und Stirn und wünschte ihm eine gute Überfahrt. Dann machte sich Ulvar auf den Heimweg nach Norwegen und ging am vierten Tag in Folden an Land.

XLIV

Vigdis empfing ihren Sohn voller Freude und wurde es nie müde, von seinen Abenteuern zu hören. Vor allem erzählte Ulvar von Uspak, den er für den vortrefflichsten Mann und besten Freund hielt. Vigdis sagte, es werde ihr eine große Freude sein, Uspak zu empfangen, auch wenn sie dem Mann, der ihrem Sohn das Leben gerettet und ihm so viel Gutes getan hatte, niemals genug danken könnte.

Sie betrauerte Illuges Tod zutiefst und gab zu seinem Gedenken ein Gastmahl; dabei versprach sie, seine Kinder Olav und Ingebjørg aufzuziehen, als ob sie deren Mutter wäre. Danach lebten die Kinder auf Vadin.

Das Jahr ging zu Ende, und es wurde Weihnachten. In der Heiligen Nacht, in der der Herr auf die Welt gekommen war, zogen die Menschen aus der ganzen Umgebung zur Kapelle, um die Messe zu hören, von Vadin ritten Vigdis und Ulvar mit großem Gefolge los. In diesem Jahr hatte es vor Weihnachten heftig geschneit, und am Festtag war es kalt und ein Vollmond schien.

Der Mondschein war so hell, dass die Kirche düster wirkte, als Vigdis mit ihrem Sohn über die Türschwelle trat, obwohl vor den heiligen Bildern die Kerzen brannten. Der Priester sang klangvoll vor dem Altar, und die Messdiener schwenkten die Weihrauchgefäße mit dem süßen Duft. Alle, die die Kirche betraten, beugten die

Knie und bekreuzigten sich mit Weihwasser, während sie ein Gebet sprachen.

Doch als Vigdis ihr Gesicht hob und sich aufrichtete, sah sie hinten an der Wand einen Mann stehen. Er war in einen dunklen Umhang gehüllt, den er unter seinem Kinn zusammenhielt, und er hatte den Kopf ein wenig gesenkt, sodass sie nur die Augen unter den schwarzen, in seine Stirn fallen Haaren sehen konnte. Aber sie wusste sofort, dass es Ljot war. Er starrte sie an, und als sie seinen Blick erwiderte, sah sie, dass seine Hände so sehr zu zittern begannen, dass er sie sinken ließ; er war so bleich wie ein Toter.

Vigdis zitterte ebenfalls so sehr, dass sie sich an den Türrahmen lehnen musste, und sie hatte das Gefühl, dass der Boden vor ihren Augen schwankte – es war kein Boden mehr, nun strömte vor ihren Augen ein roter Fluss dahin zwischen Männern und Frauen, und vor dem Altar hatte sich ein See aus Blut gebildet. Jetzt richtete Ulvar sich auf, und er verbeugte sich vor dem Fremden, reichte ihm die Hand und lachte dabei vor Freude – und nun begriff Vigdis, wer der Mann sein musste, der sich Uspak genannt hatte. Sie wollte in der Kirche nach vorn gehen, hatte aber nicht die Kraft, in den Gang zu treten, sie ging an der Wand entlang und stützte sich mit der Hand an die Bretter, bis sie in die Ecke kam, und dort wollte sie niederknien, aber die Frauen machten ihr Platz, damit sie den Altar erreichen könnte. Sie schaute sich um und sah, dass Ljot noch immer bei der Tür stand und ihr mit den Augen folgte, und dass Ulvar an seiner Seite war. Nun ging sie weiter und fiel an der Altarbank auf die Knie, während sie den Kopf an die Wand lehnte und die Hände vors Gesicht schlug.

Während der Gesang sich um sie herum hob und senkte, überliefen Vigdis Schauer aus Eis und Feuer, und sie bebte aus Angst vor der Begegnung. Der Abend, an dem sie ihn zum ersten Mal gesehen hatte, und alles, was danach geschehen war, kam ihr vor, als sei es erst gestern gewesen. Und alles, was mit der Zeit angewachsen war, fiel von ihr ab, wie eine Lawine, die Gewächse und Wald vom Berghang reißt, bis der nackte Fels übrig bleibt, und sie hatte das Gefühl, dass sie in all den Jahren nur darauf gewartet hatte, dass das Spiel zwischen ihm und ihr zu Ende gespielt werden könnte. Je länger sie dort kniete, umso mehr fürchtete sie sich davor, mit Ljot zu sprechen. Unten an der Wand, wo sie kniete, gab es eine Luke, und das Brett war herausgenommen worden, sie sah draußen den Schnee leuchten und hörte die Pferde auf dem Kirchplatz wiehern und mit dem Zaumzeug klirren; sie erhob sich mitten in der Messe und floh aus der Kirche.

Draußen stand der Mond hoch am Himmel; Vigdis lief durch den Schnee zu den Pferden und band ihres los. Sie führte es zum Tor, doch nun kamen zwei Männer in solcher Eile hinter ihr her, dass sie die Kirchtür offen stehen ließen und dass Licht und Gesang mit ihnen herausströmten.

Ljot packte das Pferd am Zaum, als Vigdis gerade losreiten wollte, und sagte:

»Erlaube mir, mit dir zu sprechen, Vigdis ...«

Sie schaute auf ihn herab und sagte:

»Sind deine Untaten inzwischen so zahlreich, Ljot, dass du jetzt deinen Namen verbergen musst?«

Ehe Ljot antworten konnte, riss sie das Pferd so plötzlich zur Seite, dass er den Zaum loslassen musste, und nun jagte sie, so schnell das Pferd nur laufen konnte, nach Norden davon. Auf Vadin hielt sie nicht an, sondern ließ das Pferd wenden und ritt weiter, bis sie Berg erreicht hatte. Dort wohnte nur ein Dorfarmer mit seiner Frau und einigen Leibeigenen. Vigdis ging ins Wohnhaus, das war fast leer, denn die Häuser waren ziemlich neu, es gab dort nur die nackte Bank an den Wänden und einen Tisch. Sie ließ Feuer machen und die Tür verriegeln. Und dort blieb sie sitzen, allein in der Weihnachtsnacht.

XLV

Als Vigdis ihnen davongeritten war, blickten Ljot und Ulvar eine Weile hinter ihr her. Dann legte Ljot die Arme um Ulvar, küsste ihn und sagte:

»Gott segne dich, mein liebster Sohn, denn ich weiß nicht, ob wir uns jemals wiedersehen werden.«

Ulvar nahm seine Hand, küsste sie und erwiderte:

»Jetzt weiß ich nicht, was du meinst – aber wenn es denn stimmt, dass du mein Vater bist, dann wirst du uns doch wohl nicht verlassen?«

Ljot erwiderte:

»Ich kann nicht damit rechnen, dass deine Mutter mit mir sprechen wird, und die Worte, die du damals über deinen Vater gesagt hast, waren wohl nicht zu hart. An jenem Abend wollte ich dir sagen, wer ich bin, aber dann nahm ich mir vor, noch einmal mit Vigdis zu sprechen, ehe ich dich meinen Sohn nenne. Doch ich muss dir sagen, dass ich überhaupt erst in dem Moment von dir erfahren habe, als du den Namen deiner Mutter genannt hast – richte Vigdis nun aus, dass es Rache genug ist und du mir fehlen wirst, und dass ich nie eine frohe Minute hatte, seit ich zuletzt mit ihr gesprochen habe.«

Nun fiel Ulvar ihm um den Hals und bat und flehte, er solle mit nach Vadin kommen, Vigdis werde nicht vergessen, dass Ljot ihm das Leben gerettet und ihm so liebevoll geholfen habe. Am Ende kam Ljot mit, und sie ritten nach

Vadin, Vigdis aber war nicht dort. Ljot sank auf seinem Pferd vornüber, er sagte:

»Siehst du jetzt, Ulvar, es hat keinen Zweck – ich nenne mich mit Fug und Recht Uspak, denn kein Mann hat je törichter gehandelt als ich – und jetzt ist zu viel Zeit vergangen, als dass ich das geschehene Unrecht wiedergutmachen könnte.«

Ulvar sprang vom Pferd und wollte mit Ljot ins Haus gehen.

»Vielleicht ist Mutter auf Berg, aber komm jetzt herein, iss etwas und ruh dich aus.«

Denn Ljot sah elend aus. Ulvar führte ihn ins Haus und setzte ihn in den Hochsitz, aber Ljot rührte das Essen kaum an und sagte kein Wort. Als der Morgen gekommen war, wollte Ulvar nach Berg reiten und mit seiner Mutter sprechen, Ljot aber solle auf Vadin bleiben.

Aber Ljot stand auf und sagte:

»Nun soll diese Sache das Ende nehmen, das ihr bestimmt ist, denn es wird doch nichts anderes geschehen. Und jetzt will ich mit ihr sprechen, nachdem ich es siebzehn Jahre lang aufgeschoben habe.«

Damit ging er hinaus und stieg in den Sattel, und nun ritten sie so schnell sie konnten nach Berg.

Dort standen sie vor einer verschlossenen Tür, doch Ulvar ging hin, klopfte an und rief:

»Mach auf, Mutter, ich muss große Dinge mit dir besprechen.«

»Bist du allein?«, fragte nach einer Weile Vigdis von innen.

»Mein Vater ist bei mir«, antwortete Ulvar.

»Mit dem will ich nicht sprechen«, sagte seine Mutter.

Nun rief Ulvar:

»Das verlange ich von dir, Mutter, und von ihm, ich will jetzt wissen, weshalb ich vaterlos bin – ich werde nicht von hier weggehen, und Ljot darf den Hof erst verlassen, wenn du aufgemacht hast.«

Nun schob Vigdis den Riegel zurück und ließ sie eintreten. Ulvar ließ seinen Blick zwischen ihnen hin- und herwandern und sagte:

»Mein Vater hat jetzt graue Haare, und du, Mutter, bist unter den Augen alt geworden – ihr habt seit eurer letzten Begegnung viel durchgemacht; wenn sich das, was zerbrochen ist, nun heilen ließe, wäre ich glücklich, denn ich liebe euch beide sehr.«

Vigdis hob den Kopf und sagte:

»Meine Augen sind vom Weinen alt geworden, und niemand außer dir hat mir Kummer gemacht, Ljot.«

Er erwiderte:

»Und doch hast du es besser gehabt, Vigdis, denn du hast hier mit deinem Sohn gelebt – und mir ist schon klar, dass du mich nicht lieben konntest, nachdem ich dich im Stich gelassen habe, aber ich habe dir nicht gefehlt. Ich habe bei jedem Schritt getrauert, bei jeder Welle, die ich durchbrach, da mich nichts davon zu dir tragen konnte.«

Vigdis lachte hart und sagte:

»Und deine Frau – wie gefällt es ihr, dass du dich durch die Lande treibst und nach deinen vielen Frauen schaust?«

»Sie war die Beste von allen und hat große Liebe verdient«, sagte Ljot. »Jetzt ist sie tot, und als wir zusammenlebten, war es bitter genug für sie, ich habe immer an dich gedacht und ihr nur wenig Liebe erwiesen. Das bedrückt mich mehr als alles andere, denn sie hat ihre Freude ohne ihre Schuld verloren – aber du kannst dich damit trösten, dass deine Rache wirklich eingetroffen ist, denn ich habe meine schönen kleinen Kinder vor meinen Augen ertrinken sehen und alle verloren, die ich geliebt habe, so wie du es ersehnt hast.«

Nun packte Vigdis mit beiden Händen ihren Umhang so

fest, dass die Spange über ihrer Brust zerbrach, und sie rief:

»Was weißt du, Ljot, darüber, wie groß mein Zorn gewesen ist – oder du, mein Sohn, wie sehr ich mich nach Rache gesehnt habe – ich habe noch nie gehört, dass ein Mann je von einer Frau mit Gewalt genommen worden ist. Du hast nicht ohnmächtig spüren müssen, wie das Kind des Mannes in dir wächst, den ich am liebsten von wilden Pferden zerrissen sehen wollte. Du bist nicht in der schwarzen Winternacht zum Fluss hinuntergegangen, ohne zu wissen, wie dieses Elend sonst ein Ende nehmen sollte. Findest du, dass er dir große Liebe schuldet, der Junge, den ich in einer Nacht auf eine Felsplatte im Wald geboren habe – ohne einen einzigen Menschen in der Nähe, der mir in meiner ärgsten Qual einen Löffel Wasser reichen konnte? Du bist losgesegelt und gerudert und hast dich nach mir gesehnt; das war mir eine große Hilfe, als sie Gunnar blutend zu mir ins Haus trugen, tödlich verletzt und verspottet wegen der Schande, in die ich gegen meinen Willen geraten war. Auch deine Liebe war uns eine große Hilfe, deinem Sohn und mir, als sie Vadin und meinen Vater verbrannten und ich auf Skiern mit ihm durch den tiefen Wald fliehen musste und die Wölfe uns zu den Vogelfreien jagten.

Du hältst es wohl für Buße genug, dass du dann später gekommen bist und mir angeboten hast, mit dir nach Island zu kommen – und da ich nicht dankbar angenommen habe, hast du eine andere genommen, die reich und schön genug für dich war, und dann hast du ihr das Leben zur Hölle gemacht – während ich hier saß und meinem Vater nicht antworten konnte, wenn er mir Vorwürfe machte, und meinem Kind nicht, wenn es nach seinem Vater fragte, denn ich brachte es nicht über mich, darüber zu sprechen, was du mir angetan hattest. Schlecht belohnst du die, die dich geliebt haben – und der dümmste und schlechteste aller Männer bist du jedenfalls, Ljot.«

Ljot war so weiß im Gesicht wie der fallende Schnee, als er antwortete:

»Deine Rede schneidet schärfer als dein Messer, als wir zuletzt miteinander gesprochen haben, und ich würde jetzt gern mein Leben verlieren, wenn dir das ein Trost sein könnte – aber ich sage dir trotzdem, Vigdis, dass mein Kummer so groß war wie deiner – denn du weißt nicht, wie elend der lebt, der sich nach der geliebtesten Freundin sehnt.«

»Das ist wahr«, erwiderte sie. »Ich weiß nicht mehr über Liebe, als du mich an jenem Abend bei der Opferstätte gelehrt hast, und seither hatte ich Angst vor jedem Mann, der mich gebeten hat.«

Nun ergriff Ulvar das Wort:

»Es war ein Unglück, dass ihr beide euch jemals begegnet seid – aber weißt du noch, Mutter, dass er mir das Leben gerettet hat und dass kein Vater seinem Sohn je solche Liebe erwiesen hat wie er mir?« Damit brach er in Tränen aus.

Vigdis sah ihren Sohn an und fragte:

»Weißt du noch, dass du mir einmal versprochen hast, mich zu rächen?«

Nun sagte Ljot:

»Ich hatte gedacht, wir könnten uns Ulvar zuliebe versöhnen, aber mir ist jetzt klar, dass du mir nicht verzeihen kannst, dafür habe ich dir zu viel angetan. Ich werde jetzt dahin zurückgehen, woher ich gekommen bin, aber mein gesamter Besitz soll an Ulvar fallen.«

Vigdis schrie:

»Damals hast du mir alles weggenommen, und jetzt kommst du her und plünderst mich ein weiteres Mal aus. Ich habe es Wölfen und Bären zur Beute hingelegt – das

Kind, das zu gebären du mich gezwungen hast – unsere Leibeigenen haben es gefunden und am Leben erhalten. Dann kam der Tag, an dem er mir leidtat, weil er so hilflos war, wie ich es dir gegenüber gewesen war. Ich habe den Jungen gerettet und wurde dabei verfolgt und verstümmelt, und ich habe ihn achtzehn Jahre lang aufgezogen und geliebt – und jetzt kommst du und willst ihn mir wegnehmen.«

»Ich will ihn dir nicht wegnehmen«, sagte Ljot. »Er soll bei dir sein, und er soll dir gehorchen, denn ich habe kein Recht auf ihn – aber du kannst es ihm doch gönnen, dass auch ich ihn liebe und ihm so viel Gutes tun möchte, wie ich kann – ich werde ihn niemals wiedersehen.«

»Ich will ihn nicht mit dir teilen«, rief sie und hob die verstümmelte Hand. »Und ich will kein Kind mit dir haben. Entscheide dich jetzt, Ulvar, wem von uns du gehören willst.«

»Ich kann mich nicht entscheiden«, sagte Ulvar weinend.

»Dann hast du dich für Ljot entschieden«, sagte die Mutter und ging zur Tür. Ulvar stürzte hinter ihr her und legte ihr die Arme um:

»Wohin gehst du, meine Mutter?«

Sie antwortete:

»Ich weiß nicht. Es wäre besser gewesen, wenn wir zwei in jener Nacht nicht lebend aus dem Wald gekommen wären, als jetzt erleben zu müssen, alt und verkrüppelt, dass du von mir zu einem Fremden gehst. Du kommst wirklich nach deinem Vater, und da ist es kein Wunder, dass du dich für ihn entscheidest.«

»Mutter«, rief der Sohn, »du weißt doch, dass ich alles tue, was du willst, und ich werde ihn niemals wiedersehen.«

»Ich weiß nicht, ob ich deine Mutter bin«, antwortete sie, »er wäre nicht auf solche Gedanken gekommen, der Junge, den ich in Hass und Zorn geboren habe – du kommst mehr nach Æsa und den Leibeigenen, du beugst dich sofort, wenn jemand stärker ist als du.«

Da ging Ljot zu ihnen, und seine Stimme zitterte, während er sagte: »Ich weiß nicht, ob du mein Sohn bist oder der von Kåre auf Grefsin – doch jetzt tust du, was deine Mutter will, Ulvar.«

Vigdis drehte sich zu Ljot um – aber nun packte dieser Ulvar am Arm und lief mit ihm aus dem Haus.

XCVI

Ljot und Ulvar ritten durch den Wald, und sie wechselten keinen Blick und kein Wort. Aber am Ende sagte Ulvar:

»Ich hätte nicht gedacht, dass du dich mit Spott von meiner Mutter trennen würdest – so schändlich, wie du sie damals behandelt hast.«

»Ach, sie wollte es doch so«, erwiderte Ljot. »Aber es ist sicher nur richtig, dass sie auch einmal ihren Willen bekommt.«

Er sprang vom Pferd, band es an, griff zu Schwert und Schild und befahl Ulvar, es ihm nachzutun. Ljot sagte, die Opferstätte sei gleich in der Nähe, dort könnten sie ungestört sein. Ulvar sagte nichts dazu, folgte ihm aber, und sie gingen ein Stück durch den Schnee.

Als sie die Opferstätte erreicht hatten, wählte Ljot einen passenden Kampfplatz. Ljot schlug als Erster zu und traf Ulvars Schild. Ulvar sagte:

»Ich habe dich schon besser zuschlagen sehen, Ljot.«

»Ich bin müde und habe kaum etwas gegessen«, erwiderte Ljot. »Du dagegen bist jung und im Holmgang ungeübt, also ist es vielleicht nur richtig so. Und jetzt schlag zu, denn ich werde dich nicht verschonen – aber Vigdis soll den Kampf haben, den sie herausgefordert hat.«

Da stieß Ulvar zu, und im selben Augenblick warf Ljot seinen Schild weg und umfasste sein Schwert mit beiden Händen, Ulvar traf ihn in der linken Schulter, und Ljots

Arm sank herab, er taumelte rückwärts gegen einen Baum und lehnte den Nacken an den Stamm. Ulvar warf Schwert und Schild weg, als er das Blut des anderen strömen sah, und mit bleichem Gesicht sagte er:

»Das reicht – ich will nicht weiter mit dir kämpfen.«

»Ach, das reicht überhaupt nicht«, widersprach Ljot und sank dabei in die Knie. Ulvar hatte sich gedreht, und nun schien ihm die Sonne ins Gesicht, und er sah nicht richtig, was geschah. Ljot aber fasste sein Schwert, schob es bis ans Heft in einen Felsspalt, sodass die Spitze auf seine Brust zeigte; dann warf er sich vornüber und kippte seitlings in den Schnee.

Ulvar sprang zu ihm hin, beugte sich über ihn, hob ihn auf und lehnte ihn an einen Stein. Nun sagte Ulvar:

»Ich hätte nie gegen dich die Waffe erhoben, wenn du nicht das über Kåre auf Grefsin gesagt hättest.«

Ljot lächelte im Sterben, er erwiderte:

»Das habe ich mir gedacht, und deshalb habe ich es gesagt. Aber sei nicht traurig, denn ich bin selbst schuld daran, dass es ein solches Ende nehmen musste. Und Gott möge dir ein besseres Schicksal bescheren, mein Sohn, damit du nicht unser Glück erbst. Tu jetzt, was deine Mutter will; ich sehne mich schon lange danach, den Kopf in ihren Schoß zu legen.«

Gleich darauf krümmte er sich zusammen und starb.

XCVII

Vigdis lief in der Stube hin und her, sie zog den Umhang um sich zusammen und ließ ihn wieder fallen, obwohl es so kalt war, dass der Reif an der Wand knisterte. Sie setzte sich vor die Feuerstätte, sprang aber gleich wieder auf und lief zur Tür, am Ende blieb sie stehen und spähte hinaus, während die Sonne rot im Frostnebel versank.

Nun sah sie, wie ein Mann aus dem Wald ritt, sie erkannte Ulvar, und er war allein und ritt sehr langsam – ihre Knie drohten zu versagen, und sie setzte sich wieder an die Feuerstätte.

Sie hatte nicht die Kraft aufzublicken, als sie hörte, wie Ulvar die Tür öffnete. Er trug ein Bündel in den Händen und ließ es in ihren Schoß fallen, ging wortlos an ihr vorbei in die Schlafkammer und schob dort den Riegel von innen vor.

Vigdis blieb sitzen und legte die Hände auf das, was sie auf den Knien hielt. Es war in einen roten Seidenumhang gewickelt, und den erkannte sie, es war der, den sie einst genäht und Veterlide Glumssohn geschenkt hatte. Er war starr gefroren und knisterte, als sie die Zipfel berührte, um sie zur Seite zu schlagen. Nun hielt sie inne und saß wieder so da wie zuvor. Aber nach einer Weile begann das Bündel aufzutauen, und Blut und Wasser sickerten durch den Stoff und auf ihren Schoß. Vigdis schlug den Umhang beiseite und sah Ljots Kopf an, den sie in Händen hielt.

Zuerst sah sie den Halsstumpf, sie drehte den Kopf so, dass das Gesicht oben lag. Die Haare waren nach vorn gefallen und klebten an der Haut; sie schob sie zur Seite und wischte mit dem Rand des Umhangs die Blutschmiere von der Haut. Einmal strich sie mit der Hand über seinen Mund – der kam ihr mager und arm vor, so, wie er dort saß, blaubleich in dem grauen Antlitz. Sie legte die Finger auf die Augenlider und sah ihm in die Augen, aber die waren tot und dumm; und sie drückte sie zu.

Sie dachte daran, wie sie vor Eyolv Arnessohn gestanden hatte – damals hatte sie von dem süßen und blutigen Trunk gekostet, der ihr kummervolles Herz trösten konnte. Aber je länger sie Ljots Kopf ansah, desto schwerer wurde ihr Herz; denn sein Gesicht war so alt und vergrämt, und sie dachte, dieser arme graue, elende Kopf sei keine Buße für ihr Unglück – und nicht genug wert, als dass sie sagen könnte, dass sie für diesen Augenblick in all den Jahren seit dem Tod ihres Vaters gekämpft und sich abgemüht hatte.

Vigdis bedeckte das Gesicht wieder und legte das Bündel neben ihren Fuß auf den Boden. Dann stand sie auf und ging zu Ulvars Tür; aber sie erhielt keine Antwort, als sie ihn rief. Sie blieb eine Weile stehen und rief noch einmal, aber es half nichts, und sie ging wieder zurück, setzte sich und legte die Hände in ihren blutigen Schoß.

Dann kam die Nacht; und Ulvar öffnete die Tür und ging durch die Stube, er sah die Mutter nicht, denn das Feuer war fast heruntergebrannt. Er war in Reisekleidung und ging hinaus auf den Hofplatz. Vigdis stand auf und folgte ihm. Ulvar führte sein Pferd aus dem Stall und sattelte es. Vigdis trat neben ihn.

Der Mond schien klar, und die Mutter hatte bei Ulvar nie eine solche Ähnlichkeit mit Viga-Ljot gesehen wie jetzt, und er war ebenso bleich wie der Tote. Sie wollte ihn nach dem Kampf fragen, wagte es aber nicht. Deshalb fragte sie nur:

»Willst du fortreiten?«

»Ja, das will ich«, antwortete der Sohn.

»Reitest du nach Vadin?«, fragte nun die Mutter.

»Ich reite morgen weiter, denn ich habe keine Lust, hier in der Gegend zu bleiben«, sagte er.

Vigdis schaute in sein Gesicht hoch. Sie fragte:

»Willst du jetzt nicht mehr bei mir sein?«

»Jetzt habe ich deine Liebe belohnt, Mutter, so wie du es einmal von mir erbeten hast«, erwiderte Ulvar. »Ich weiß nicht, welche Freude du jetzt noch an mir haben könntest, also kannst du mich doch gehen lassen.«

»Sag so etwas nicht«, bat die Mutter. Nach einer Weile ergriff sie noch einmal das Wort: »Wenn du mich lieber nicht sehen willst, dann bleibe ich hier auf Berg, solange du möchtest. Aber geh jetzt nicht mitten im Winter auf Fahrt.«

»Ich kann es hier nicht mehr aushalten«, sagte Ulvar. »Jetzt, wo ich weiß, was für schreckliche Dinge passiert sind, weiß ich, dass ich mich hier nie mehr wohlfühlen könnte.«

Vigdis schlang die Arme um den Hals des Pferdes und lehnte sich dagegen. Sie wagte nicht, Ulvar noch weiter zu bitten, und ihr Herz wurde schwer wie ein Stein, denn sie begriff, dass es keinen Ausweg mehr gab. Als sie sich an das Pferd klammerte, fiel ihr die Nacht ein, in der sie ihren Sohn geboren hatte und das Pferd das einzige Lebewesen gewesen war, bei dem sie Halt finden konnte.

»Liebst du mich nicht mehr, mein Sohn?«, fragte sie leise.

»Doch«, antwortete Ulvar. »Aber jetzt musst du mich gehen lassen, Mutter.« Kurz darauf fügte er hinzu: »Ich bitte dich, sorge mir zuliebe dafür, dass Ljot in die Erde kommt, wie es sich gehört.«

»Das werde ich«, versprach Vigdis.

Nun sagte Ulvar:

»Dank mir nicht für seinen Tod – er hat seinem Leben selbst ein Ende gesetzt.«

Er griff nach den Zügeln, aber dann fragte er plötzlich:

»Sag mir nur eins, meine Mutter – hast du ihn jemals geliebt, Viga-Ljot?«

Sie brach in Tränen aus, schmiegte das Gesicht an den Hals des Pferdes und sprach:

»Ich hätte ihn sonst nicht so lange gehasst – und das Schlimmste war, dass ich von allen Männern keinen so gern geliebt hätte wie ihn.«

Ulvar beugte sich im Sattel vor, hob ihr Gesicht zu sich und küsste sie auf den Mund. Nun fragte seine Mutter:

»Wirst du jemals zu mir nach Hause kommen?«

»Wenn ich am Leben bleibe«, antwortete Ulvar, »dann werde ich wohl irgendwann zurückkommen. Aber lass mich jetzt gehen, Mutter.«

Vigdis ließ das Pferd los, und Ulvar ritt davon.

XCVII

Von nun an lebte Vigdis Gunnarstochter auf Berg. Sie ließ Ljot Gissurssohn bei der Kirche begraben, die sie hatte errichten lassen, und sie überlebte ihn um zehn Jahre. Sie war allein, und niemand besuchte sie, nur im letzten Jahr, als sie krank war, zog Ingebjørg Illugestochter zu ihr und blieb auf Berg, bis Vigdis starb. Olav und Ingebjørg übernahmen Vadin, das hatte Vigdis so bestimmt, doch sie sollten Ulvar das Gut zurückgeben, wenn er zurückkam, oder es seinen rechtmäßigen Erben überlassen.

Aber in den Åslo-Dörfern hörte man nie wieder etwas über Ulvar Ljotssohn, und deshalb glaubten alle, da er seiner Mutter versprochen hatte zurückzukommen und keine Kunde mehr über ihn eintraf, dass er wohl irgendwo in der Welt sein Leben verloren hatte. Olav und Ingebjørg behielten das Gut und spendeten reichlich für die Kirche, die in Åbakken am Frysja aus Stein errichtet wurde, nachdem die Holzkapelle abgebrannt war, und für die Steinkirche, die im Norden des Storvann gebaut wurde. Diese Kirche wurde der heiligen Margareta geweiht, und seither heißt das Tal, in dem der See liegt, Margaretental. Bei dieser Kirche ist Vigdis Gunnarstochter begraben.

Glossar

Åslo-Dörfer: Bezeichnung für die unzusammenhängende Ortschaft, aus der Oslo entstanden ist.

Dise: Göttin und höheres Schicksalswesen

Fensal: Palast der Göttin Frigg. Liebende, die im Leben getrennt gewesen waren, sollten dort nach dem Tod vereint werden.

Frysja: alte Bezeichnung für den Akerselv, der durch Oslo fließt

Folden: alte Bezeichnung für die Gegend um den Oslofjord

Gode: Priester in der altnordischen Religion

Jarl: mittelalterlicher Fürstentitel in den nordischen Ländern

Nidaros: mittelalterlicher Name für Trondheim

Odinsø: Odinse in Dänemark

Ran: Meeresgöttin

Saxschwert: einschneidige kurze Hiebwaffe

Tunsberg: ehemaliger Name für Tønsberg, Norwegens älteste Stadt und wichtigster Hafen in Ostnorwegen im 11. Jahrhundert.

Uspak: altnordische Bezeichnung für Unvernunft

Vig: altnordische Vorsilbe und bedeutet Kampf. Viga-Ljot steht für den Kampfestüchtigen.

Sigrid Undset wurde 1882 in Kalundborg, Dänemark, geboren. Seit ihrer frühen Kindheit lebte sie in Oslo, bevor sie 1940 vor den Deutschen über Schweden in die USA floh. Nach 1945 kehrte sie in ihre Heimat, nach Lillehammer, zurück, wo sie 1949 starb. 1928 erhielt Undset den Literaturnobelpreis.

Gabriele Haefs ist Autorin und Übersetzerin von Kinder- und Spannungsliteratur sowie Belletristik. Bereits 1999 übersetzte sie Sigrid Undsets Debüt *Frau Marta Oulie* ins Deutsche. Haefs erhielt u. a. den Deutschen Jugendliteraturpreis sowie den Königlich Norwegischen Verdienstorden.